記憶と風景

間文化社会ケベックのエクリチュール

Mémoire et paysage
Le Québec et ses écritures interculturelles

小倉和子 OGURA Kazuko

彩流社

まえがき

本書は筆者がこの十数年のあいだ、機会あるごとに発表してきたケベック文学に関する論考を、「記憶」と「風景」というテーマで加筆し、編み直したものである。もとよりケベック文学を一望する体系的な研究ではなく、筆者の心に留まった個々の作品を紹介し、読解したものである。各章は独立しているので、二十世紀初頭から現在にいたるまでのケベック文学のおもな傾向を概観した第一章だけ最初に一読していただければ、あとは気の向くままにどこからお読みいただいてもかまわない。そのため、基本的な点について若干の繰り返しがあることをお赦しいただきたい。

カナダ・ケベック州は、フランス系の移住者が新大陸に渡ってから四〇〇年あまり、幾多の困難を乗り越えてたくましく生きてきた地域である。現在は、圧倒的な英語圏である北米大陸にありながら、仕事も日常生活も祖先から受け継いだフランス語で行い、しかもきわめて多様な民族へと開かれたユニークな間文化社会を実現している活気ある地域である。そこでは、文学はフランス語を維持し、異なる者どうしが文化的背景について語り合い、理解し合うための重要な媒体となっている。なかでも、過去の「記憶」を掘り起こしながら持続可能な未来を思い描き、四季を織りなす広大な「風景」を描写することは、多くの作品に共通する要素である。各章を読みながら、時代とともに大きく変化してきたケベック社会の様子を垣間見ていただければ幸いである。

ケベックは、ホスト社会と世界中から集まった移民・難民・亡命者たちとの共存、あるいは個人の尊厳などについて考えるうえで、われわれにも多くのヒントを与えてくれる土地である。わが国では二〇〇八年に日本ケベック学会が発足し、ここ十数年のあいだに学際的な研究が飛躍的に進展した。本書がそれらの研究の一端に加わり、その発展に多少なりとも貢献できればと願っている。

最後に、表記について一言。本書のなかでも指摘しているが、ケベック州の公用語はフランス語である。地名のカタカナ表記については基本的に現地音主義を採用したため、セントローレンス河はサンローラン河、モントリオールはモンレアルなどと、やや耳慣れない音になっているかもしれないことをお断りしておく。地名については、次頁の地図もご参照ください。

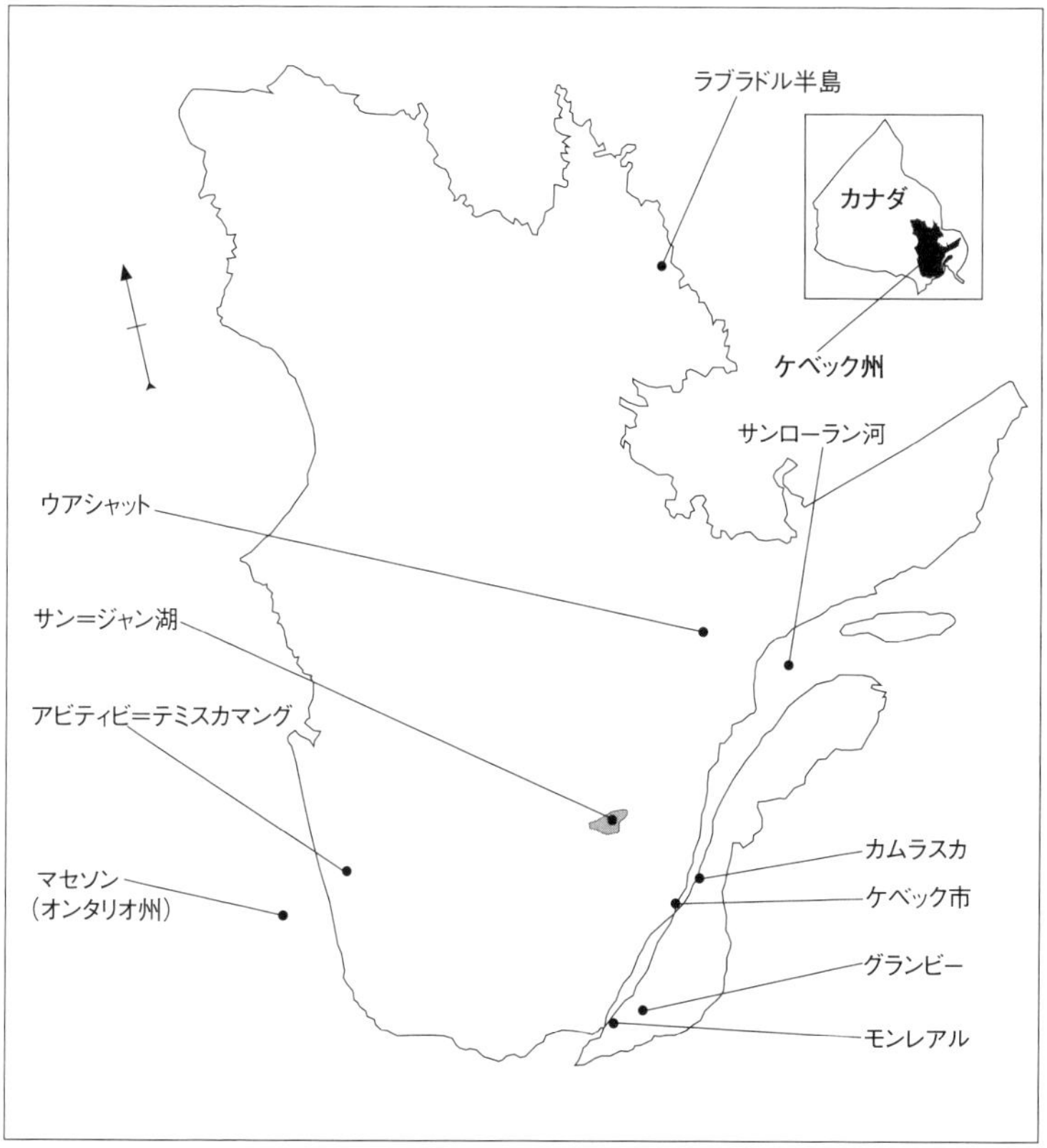
ラブラドル半島
カナダ
ケベック州
サンローラン河
ウアシャット
サン=ジャン湖
アビティビ=テミスカマング
マセソン
(オンタリオ州)
カムラスカ
ケベック市
グランビー
モンレアル

ケベック州地図

第一章　ケベック文学へのいざない
——多様性に開かれるフランス語

Kim Thúy, *ru*,
Libre expression, 2009.

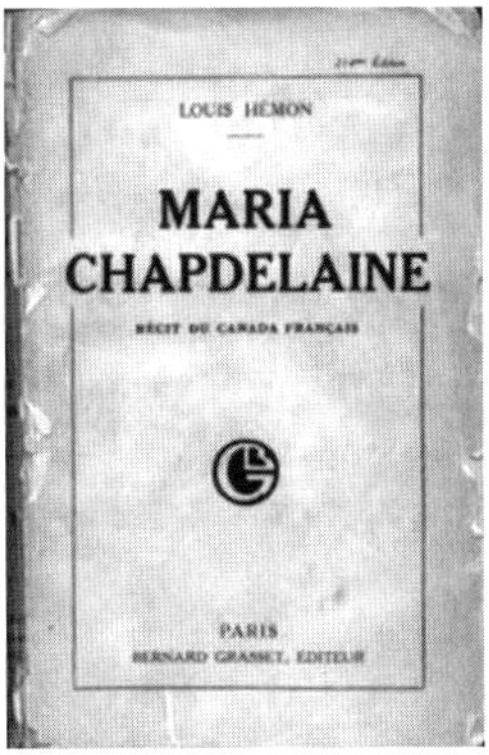

Louis Hémon,
Maria Chapdelaine,
Grasset, 1921.

はじめに

ケベック文学は若い文学である。二十世紀初頭に出版され、日本語も含めて二〇以上の言語に翻訳されて世界的に有名になった『マリア・シャプドレーヌ（白き処女地）』（*Maria Chapdelaine*, 1916）のような作品があるとはいえ、十九世紀中葉以前にさかのぼる作品は少なく[1]、しかも、誰もがカナダ文学の筆頭に挙げる『赤毛のアン』（*Anne of Green Gables*, 1908）をはじめとする英系文学や、隣国アメリカの文学に比べて、これまでかならずしも陽当たりのよいところに位置してきたわけでもない。

とはいえ、フランス語話者が現在よりはるかに文化的・社会的に疎外されていた時代には、数少ない自己表現の手段として文学が大きな意味をもっていたのもたしかである。そして、一九六〇年代の「静かな革命」以降、二度の州民投票（一九八〇年、一九九五年[2]）において主権＝連合派は僅差で敗れはするが、連邦政府との交渉では大きな進展が見られたことによって、ケベックの人々は「ケベコワ」としての自信を獲得するようになる。それまで「生き延びる」ことだけを考えて閉鎖的になっていた人々は、今では他者を巻き込んで成長していく精神的余裕をもつようになっただけでなく、それが政治的に必要になってきてもいる。本章では、そのようなケベコワが生み出してきた文学作品のいくつかを若干の歴史に触れながら紹介し、今後のケベックとケベック文学がどのような方向に向かおうとしているのかを考えてみたい。

若干のケベック史

そもそも、現在のケベコワたちの祖先はいつ頃北米大陸に住み着いたのだろう。まずは、ケベックのいくつかの歴史的出来事を簡単に振り返っておこう[3]。

ブルターニュ出身のフランス人探検家ジャック・カルティエ（Jacques CARTIER, 1491-1557）が国王フランソワ一世の命令でアジアへの通路を発見しようとして最初にサンローラン（セントローレンス）湾を探索したのは、大航海時代の一五三四年春のことだった。しかし、雪解けの水であまりに水流が強く、サンローラン河を遡ることができずに、いったん帰国する。このときカルティエは先住民イロコイの首長の二人の息子をフランスに連れ帰る。彼らにフランス語を教え、翌年、この息子たちを通訳兼ガイドに伴って再度挑戦し、スタダコナ（現ケベック市）からオシュラガ（現モンレアル）まで到達する[4]。そして、新大陸を「カナダ」（イロコイの言葉で「集落」を意味する）と命名する。

十七世紀にはいると、もう一人の探検家サミュエル・ド・シャンプラン（Samuel de CHAMPLAIN, 1574?-1635）が一六〇八年、アンリ四世の意向にしたがってケベック市（「狭い水路」

の意）を建設。その後、ルイ十四世の時代には、国王直轄の植民地「ヌーヴェル・フランス（新フランス）」が建設され、「王の娘たち」と呼ばれた修道院で教育を受けた孤児の娘たちも送りこまれて、人口が急増する。植民地の開拓と王権、そしてカトリックの布教活動は一体化していたのである。

しかし、十七世紀末以降は、英国も本格的にカナダに進出してきて衝突が激しくなり、ついに一七五九年、アブラハム平原（ケベック市）での激戦で、本国からの援軍が乏しかったフランス系住民は、圧倒的な海軍力を誇る英国に敗れる。これはフランス系の人々に忘れることのできない心の傷を残す出来事となった(5)。一七六三年、パリ条約において、フランスは正式に北米におけるほぼすべての植民地を英国に譲渡する。これにより、シャンプランのケベック市建設以来一五〇年余りに及んだフランスによる北米支配が終わりを告げる…。

このまま英国によるカナダ統治が徹底されれば、今頃、カナダにフランス語圏は存在しなかったかもしれない。しかし、住民(6)の大多数はフランス系だったので、新しい支配者とのあいだで衝突が繰り返されることになる。その結果、一七七四年には「ケベック法」が制定され、フランス系文化（信仰の自由、言葉、民法、荘園制度など）の存続が認められることになる。アメリカの独立革命を目前にして、英国はケベックの人たちがアメリカの独立派に加担することを恐れ、懐柔策を講じたのである（結果的には、彼らの応援がなくてもアメリカの一三植民地は独立を果たしてしまったのだが)。

ところが、アメリカの独立革命を契機としてロイヤリスト(英国王忠誠派)一〇万人のうち約半数がカナダに亡命してくることになる。十九世紀を通じてさらに英国やアイルランドからの移民も増加する。こうして人口的にも経済的にも、英系がカナダの多数派となっていく。都市化も進むが、都会に出ていけば社会の上層部は英系で占められているので、フランス系は英語を使って彼らの下で働かなければならない。しかし、農村にとどまって自分たちの土地を耕しているかぎりは彼らの指図を受けずにすみ、フランス語も守れる。フランス系はひたすら「守りの姿勢」に入っていった。

大地を描く文学『マリア・シャプドレーヌ(白き処女地)』

このような状況下で、フランス系カナダ文学においては、一九三〇年代まで「大地」が主要なテーマとなる。文学作品は、土地を開墾して農業を営み、カトリック教会の教えを守りながら生活する人たちの姿を好んで描き出す。そのような作品群は「郷土小説(romans de la terre)」と呼ばれているが、その代表作はやはりルイ・エモン(Louis HÉMON, 1880-1913)の『マリア・シャプドレーヌ(白き処女地)』だろう。この小説は残念ながら、生粋のカナダ人ではなく、ケベックを旅していたフランス人によって書かれたものだが、外からの視線であるだけにいっそう当時のフランス系カナダ人の生活が活写されている。作者が一九一三年に鉄道事故で死亡した翌年、まずパリの日刊紙『ル・タン』（*Le Temps*）に連載され、その後一九一六年にモンレアルで単行本として出版されるが、二一年にフランスで再版されたことによって爆発的な成功をおさめた（7）。

舞台は、ケベック市から二〇〇キロ以上北に行ったサン＝ジャン湖の周辺。サンローラン河から西にサグネと呼ばれるフィヨルドを上っていくとサン＝ジャン湖に出る。主人公マリアの父親は典型的な開拓者魂の持ち主で、土地を開墾してはそこを他人に譲り、自分はさらに奥地を切り開いていくのをやめられない質の人である。小説の中には、雪解けとともに始まる開墾作業、教会でのミサ、夏のブルーベリー摘み、キリスト降誕祭など、四季折々の村人たちの生活ぶりが生き生きと描かれている。

敬虔なカトリックの名前をもったマリアは適齢期の娘で、彼女の周りには三人の求婚者が現れる。フランソワ・パラディは、森を駆けめぐっては、先住民たちが捕まえた動物の毛皮を毛皮商人に売る仲介人である。ロランゾ・シュルプルナンは、気候条件の厳しいカナダを捨ててアメリカの都会（マサチューセッツ州）で働いている。マリアはフランソワのほうに惹かれているが、彼はクリスマスに一時帰省する途中、森の中で吹雪に遭い、道に迷って凍死してしまう。失意のどん底に落ちたマリアは、恋人を奪った厳しい自然を恨むようになり、一時は、ロランゾについてアメリカに行ってしまおうか、とも考える。

そこに現れるのが三番目の求婚者、ウトロップ・ガニョンである。彼はマリアの父と同じ開拓者である。恋人を失ったマリアにとって、問題はもはや、どちらの男性を選ぶかではなく、「ここに留まるか、それともよそに行ってしまおうか」である。そんなとき突然、母親が病死し、マリアの揺れる心に啓示のように「ケベックの土地の声」が聞こえてくる。

小説の最後の場面で、マリアは窓辺に腰をおろしてぼんやり物思いに耽っている。母と同じように、この土地で生きていこうか。それとも、恋人の命を奪った憎らしい土地など捨てて、遠くのまだ見ぬ大都会に行ってみようか。けれども、そこはフランス語を話す人たちの国ではない…。そのようなことをあれこれ考えていると「第三の声」が湧きおこってくる。

われわれは、三百年の昔ここへやって来て、そのままこの土地にとどまった……（中略）われらのまわりには、多くの外国人たちがやって来た。われらが、野蛮人と呼びたい人たちなのだ。かれらは、ほとんどありとあらゆる権力を握り、あらゆる金を獲得した。だが、ここケベックの地にあっては、何から何までが昔のままだ。これからだって変るまい。(8)

この声を聞いて、マリアはウトロップと結婚してここに残る決意を固める。

「郷土小説」はこのように、華やかな都会での安楽な生活の誘惑を払いのけ、自分たちの土地に留まり、フランス語を守り続けようとする人々を描くのである。

都市を描く文学

ところが、一九四五年に発表されたガブリエル・ロワ（Gabrielle ROY, 1909-1983）の『束の間の幸福』（*Bonheur d'occasion*）は一転して、近代化が進むモンレアルで生活するフランス系労働者の現実を見つめた、きわめて写実的な小説である。この作品はケベック文学が初めて都市を描いた作品だとされる。描かれているのは第二次世界大戦のただ中（一九四〇年）の、サン＝アンリというフランス系労働者たちが住む界隈である。

詳しい分析は次章に譲るが、世界恐慌のあおりで失業中の父親に代わって、簡易食堂のウェイトレスとして受け取る薄給で、両親と兄弟七人を養っている主人公のフロランティーヌ、食堂の客であるジャン、そして彼の唯一の友人であるエマニュエルという三人の若い男女のあいだで繰り広げられる恋愛模様のなかには、主人公を取り巻くフランス系住民の労働条件、住環境、家族関係、英系住民との格差、迫りくる戦争、さらには未婚の女性の妊娠など、さまざまな重い社会的テーマが盛り込まれていることだけを指摘しておこう。

作品は出版の翌年、一九四六年にフランス系カナダ・アカデミー賞を受賞。四七年には *The Tin Flute* というタイトルで英訳され、英系カナダやアメリカにも多くの読者を獲得し、ついにはフランスで再版されてフェミナ賞を受賞した。『束の間の幸福』は、六〇年代に始まる「静かな革命」以前のケベック社会で多くのものに束縛され、「囚われの身」(9) になっていたフランス系住民が己の姿に気づき、来るべき社会変革を準備するうえで重要な役割を果たしたと言われている。

自己を回想する文学

ロワはしかし、この作品以降、社会派小説から一転して自伝的色彩の濃い作品へと向かう。『デシャンボー通り』（*Rue Deschambault*, 1955）や『アルタモンへの道』（*La Route d'Altamont*, 1966）は、話者クリスティーヌが少女時代の出来事を語る、瑞々しい感性とユーモアにあふれた作品である。ロワはじつはケベック州生まれでも、モンレアル育ちでもなく、マニトバ州の出身だった。若い頃、英国やフランスに演劇の勉強に出かけ、カナダに戻ってからはモンレアルでジャーナリストとして仕事をしながら小説を書くようになったが、ヨーロッパに出かける前、故郷のマニトバで小学校教師をしていた。そこにはフランス系住人の小さなコミュニティがあり、イタリア、ポーランド、ウクライナなどからの移民も混じっていた。赴任したての若くて情熱的な教師と、さまざまな困難を抱えながらも懸命に生きる子どもたちとの心の触れ合いを描いた自伝的小説『わが心の子らよ』（*Ces enfants de ma vie*, 1977）は、カナダ文学における最高の栄誉である総督文学賞も受賞した感慨深い作品である。

さらに、一九八四年に死後出版された自伝『苦悩と歓喜』（*La Détresse et l'Enchantement*）こそは、ロワの最後の作品にして最高傑作とみなす人も多い。ロワの小学校時代、マニトバ州では二言語教育が廃止され、フランス系住民に対する圧力が強まっていった。父親は移民局で働く中流階級であったが、それでも母親と一緒にイートン・デパートで買い物をするときに店員にフランス語で話しかけることは途方もない勇気を必要とすることで、子供心にも、「英語の海の真ん中」で二級市民の子であることを常に意識させられながら少女時代を過ごした。自伝には、そのころから、ヨーロッパでの演劇修行の時代を経てモンレアルでジャーナリストとして仕事を始めるまでの時代が、繊細な語り口で語られている。『束の間の幸福』で現実社会にいわば外部から透徹した視線を投げかけたロワは、以後、その具体的証言として自らの過去を差し出したかのようだ。彼女の作品はほとんどいつもただちに英訳され、ケベックだけでなく、カナダを代表する作家として多くの読者や研究者を獲得している。

内面世界を掘り下げる文学

アンヌ・エベール（Anne HÉBERT, 1916-2000）はロワと双璧をなすケベックの作家である。第三章（エベールと女性）でもう少し詳しく考察するので、ここでは簡単に留めるが、ロワより七歳年下の彼女は一九四二年に処女詩集『釣り合った夢』（*Les Songes en équilibre*）、ついで一九五三年に『王たちの墓』（*Le Tombeau des roi*）を発表し、ケベックを代表する詩人としての地位を固めた後、小説を書き始める。

一九六〇年代から彼女はパリとケベックを往復するようになり、次第に活動の拠点をパリに移すことになる。一九七〇年にパリのスイユ社から出版された『カムラスカ』（*Kamouraska*）はエベールの名をフランス語圏全体に知らしめた小説である。

カムラスカはサンローラン河畔に位置する実在の村で、時代設定は十九世紀中葉。エリザベットは恋を知らぬままに親の勧めでカムラスカ領主アントワーヌ・タシのもとに嫁ぐが、不幸な結婚生活の末にアメリカ人医師ネルソンと不倫を重ね、ついには夫の殺害計画に加担してしまう。殺害後、ネルソンは国境へ逃げ、彼女だけが出廷させられるが、免訴となり、名誉を救ってくれた高齢の弁護士ジェローム・ロランと再婚してケベックで貞淑な妻を演じている。事件から一八年後、病に臥せった夫の介護をしながら、仮眠中の彼女の脳裏には、少女時代のこと、前夫との不幸な結婚生活、ネルソンとの道ならぬ恋、殺害の光景など、さまざまなシーンが去来する。小説はそれらの脈絡もなく繰り広げられるシーンから構成されているのだが、そこでエリザベットの外見と内面の落差が抉り出される。

この小説は一九七三年に、ケベックを代表する映画監督クロード・ジュトラ（Claude JUTRA, 1930-1986）の手で映画化され、アンヌ・エベール自身もシナリオ作成に協力している。映像的にきわめて美しい作品で、とくにネルソンがカムラスカまで往復六〇〇キロの雪原を馬橇で走り、アントワーヌ・タシを殺害しに行く場面は見事である。

エベールはある意味で、ロワとは対照的な作家である。活躍した時代こそほぼ同時代だが、身の周りの現実を写実的にとらえるというよりは、内面世界を掘り下げていく心理小説の作家である。また、母方から貴族の血を引いている彼女が取り上げるのは、貧困とは無縁の社会階層であることが多い。とはいえ、「囚われの身」であるのはなにも経済的弱者ばかりではなく、伝統的社会における男女の精神的抑圧、内面の葛藤、解放への欲求を主題としているという点で、二人には共通点も多い。ロワ自身、『束の間の幸福』以降、自伝的作品に傾倒していったことを考えれば、英系住民に支配された都市部でフランス系の人々が現実社会と向き合うことがいかに困難だったか、想像に難くない。エベールの特徴は、そうしたテーマを、小説空間の緻密な構成や実験的要素に大きな関心を払いながら取り上げた点にあり、その点では、フランスの文学潮流により敏感だったといえるのではないだろうか。

「静かな革命」、「フランス語憲章」、「間文化主義」

以上、ケベック現代文学の原点に位置する三人の作家を振り返った。ロワやエベールはケベック文学の中で最初に名前が挙がる作家だが、おそらくその資質だけでこれほどの名声を得ることはなかっただろう。ロワの場合、『束の間の幸福』の成功によって英系カナダやアメリカに多くの読者を獲得したことを見逃すことはできないし、エベールも、六〇年代以降ケベックとパリの間を往復することが増え、作品の大半がパリの大手出版社スイユから出版されているということが、世界的知名度を上げるのに功を奏したことは否めない。ルイ・エモンの『マリア・シャプドレーヌ』もまたしかり。ケベックを舞台にし、ケベック特有の語彙や表現が多用されてはいるものの、フランス人によって書かれ、フランスで出版されたからこそ、この小説は早い時期から日本も含めて世界中で翻訳される機会を得たのである。一九三四年にはフランスの映画監督ジュリアン・デュヴィヴィエ（Julien DUVIVIER, 1896-1967）の手で映画化され、かのジャン・ギャバン（Jean GABIN,1904-1976）がフランソワ・パラディ役を、マドレーヌ・ルノー（Madelaine RENAUD, 1900-1994）がマリア役を演じ、さらに二年後には、この映画がハリウッドでホーム・シアター化されたことも、作品の宣伝効果としては絶大だったはずである。(10) その意味で、ケベックは、アブラム平原での戦いで自分たちを見捨てたフランスにたいして怨嗟の思いを抱きつつも、長いあいだ、自分たちの言葉と文化を「守る」ために、その後ろ楯を必要としていたし、また、英系カナダや隣国アメリカとは異なる価値観で自己のアイデンティティを規定しようとはしても、その絶大なメディアの力に依存してきたことも否定できない。それでは、現在のケベック文学の状況はどうだろうか。

そのことを考えるときにまず踏まえておくべきは、一九六〇年代の「静かな革命」である。カナダは第一次、第二次世界大戦で英国を支援するために兵を送るが、当然のことながら、フランス系はこれに強く反対した。なぜ、ヨーロッパの戦争で（しかも英国を支援するために！）自分たちが命を危険にさらさなければならないのか？　そこから、リオネル・グルー神父（Lionel GROULX, 1878-1967）らがフランス系国家の建設を主張しはじめる。そして一九六〇年代にはいると近代化が一気に進み、その過程で独立の動きがさらに加速するのである[11]。

直接のきっかけとなったのは政権交代だった。伝統主義的な与党ユニオン・ナショナルを長年率いてきたモーリス・デュプレシ（Maurice DUPLESSIS, 1890-1959）の急逝により、ジャン・ルサージュ（Jean LESAGE, 1912-1980）が率いる自由党が政権を握ると、「静かな革命（Révolution tranquille）」と呼ばれるようになる近代化が始まる。「フランス革命」とは異なり、血が流れたわけではないのだが、「革命」と名づけてもよいほど急激な近代化だった。

一九六二年には、民間の水力発電会社を州が買収して、イドロ・ケベックが誕生する。以後、今日に至るまで、ケベックはサンローラン河やジェームズ湾などの豊富な水資源を利用して（近年は風力発電も盛ん）、原発ゼロで州の電力を賄うだけでなく、アメリカ合衆国にも売っている。また、一九六四年には、それまでカトリック教会が管轄してきた教育を教育省が担当するようになる。これにより、初等教育六年、中等教育五年、大学に進学する前に学ぶセジェップ（CÉGEP はケベック州特有の大学基礎教養のための機関）二〜三年、大学三年、という現在の学制が確立する。さらに、ケベック貯蓄投資公庫も誕生する。エネルギー、教育、金融という、国家の要ともいえるものが六〇年代のわずか数年で一気に整備されたといえば、それまで雪の下に蓄積されていた力の大きさが「革命」に匹敵するものだったことも理解できるだろう。同時に、世俗化が急速に進み、あっという間にカトリック教会が空っぽになったと言われている。

残るは言葉の問題である。それまでケベック州では住民の八割（約六七〇万人）がフランコフォンであるにもかかわらず、彼らの権利は大きく制限されていた。カナダ連邦政府が一九六七年に移民法を改正して差別的移民制限を撤廃し、一九六九年には公用語法によって英・仏二言語をカナダの公用語として保障するが、現実の格差を是正するには十分でなかった。ケベック州政府も、それまで州内でいくつかの言語法(12)を定めてきたが、十分な効力を発揮できてはいなかった。そこで一九七七年に制定されたのが「フランス語憲章（Charte de la langue française）」である。このきわめて強力な法律によって、英仏二言語を公用語とするカナダの中でケベック州だけはフランス語のみを公用語とすることになり(13)、ケベック社会が劇的に変化することになる。それまで、英語は社長や上司の言葉で、フランス語は労働者の言葉だったが、社員五〇名以上の企業ではフランス語が仕事の言語と定められ、町の看板からも英語が一掃されることになる。英語の学校に通うことができるのは、両親のうちのどちらかがケベック州で英語による初等教育を受けた子供に限定され、法律と裁判の言語もフランス語だけになる(14)。その結果、大企業のトロント（オンタリオ州）移転に拍車がかかり、約二〇万のアングロフォン（英語話者）がケベック州から転出したが、そのあとに他の州から転入したフランコフォン（フランス語話者）も多い(15)。

フランス語一言語主義は、「英語の海」である北米大陸にあってあまりに極端と思えなくもない。しかし、そこまでしなければ現在のようなケベックはなかった、というのもたしかである。法律の適用はその後より緩やかになり[16]、現在のケベック州では仏英両言語で書かれた看板が一般的だし、モンレアルのような大都市では英語やその他の言語が聞かれることも日常的である。しかし一方で、この法律によって、英語が母語の子弟以外の新しい移民の子どもたちはすべてフランス語の学校に通うことになった。その結果、フランス語は、それを母語とする者たちだけで純粋なまま細々と「生き延びる」ためではなく、外から来た人たちを巻き込み、増殖していくための言葉となる。さまざまな移民や彼らの文化に開かれつつ、表現はフランス語一言語による、という緩やかな統合を目指すことになるのである。そのときの統合の理念が、連邦政府が一九七〇年代から掲げてきた「多文化主義《マルチカルチュラリズム》」をケベックの実情に合わせて修正した「間文化主義《アンテルキュルチュラリズム》」である。「間文化主義」については、ジェラール・ブシャール（Gérard BOUCHARD, 1943-）に代表される論客たちが、精力的な調査に基づいて多くの議論を展開しているが[17]、その詳細を一言でまとめることはとうてい不可能なので、ここでは便宜的に次のように要約しておこう。すなわち、ケベック州内部では圧倒的な多数派であるとはいえ、北米全体から見ると小さなコミュニティ（三億対七〇〇万）といわざるをえない人々が、自分たちの存続と発展のために、フランス系の文化を核としながら、多様な文化、集団と手をつなぎ、変化を引き受けつつ進展していくことを理念としている、と。「静かな革命」による近代化の過程でカトリックという宗教文化を手放した人々にとって、生粋のフランス系のみならず、新しく到着した移民たちとのコミュニケーション手段としてのフランス語は、自らのアイデンティティのきわめて重要な部分を形成しているのである。

越境する文学　キム・チュイ

こうしてじっさいに八〇年代以降、多くの移民たちがフランス語で書きはじめる。中でも、アジア系では、日本出身のアキ・シマザキ（Aki SHIMAZAKI, 1954-）[18]、中国出身のイン・チェン（Ying CHEN, 1961-）、ベトナム出身のキム・チュイ（Kim Thúy, 1968-）などが非常に注目されている。アキ・シマザキとイン・チェンについては章をあらためて論じるので、ここではキム・チュイを紹介しておきたい。彼女は一九六八年、ベトナム戦争の最中にサイゴン（現在のホーチミン市）で生まれ、十歳でボートピープルとして家族とともにカナダに到着した。作家としてはやや遅咲きだが、二〇〇九年に発表した処女作の『小川』（*ru*）[19]は少女時代の体験を綴った自伝的小説で、翌年、カナダ総督文学賞を受賞している。以下は、小さな漁船でベトナムを脱出する様子を回想した場面である。

サイゴンを離れてから、なるべく身軽でいるようにしている。ボートの船倉でおじの隣に座っていた男性は、鞄を一つも持っていなかった。冬用の服の入った小さな鞄すらもっておらず、すべてを身に着けていた。水着、短パン、長ズボン、Tシャツ、ワイシャツを着て、セーターを肩からかけて、残りはすべて穴の中に入れていた。臼歯にダイヤモンドを嵌め込み、歯の回りに金を巻きつけ、肛門にアメリカドルを入れていた。アメリカドルをぴったりと三つ折りにし、生理用ナプキンの中に入れている女性を見たこともある。[20]

キム・チュイは中国系の血を引くベトナム人で、南ベトナムではかなり裕福な家庭に育った。しかし、北から共産軍が攻め込んできてサイゴンが陥落すると、一家は財産を没収され、そのままベトナムに留まっていれば兄弟が兵隊として隣国（カンボジア）の激戦地に送られること、それはすなわち戦死を意味することを知り、一家で国外脱出を図る。幸い、舟はマレーシアに辿り着き、しばらく難民キャンプで過ごした後、ケベックに受け入れが決まった。『小川』は、十歳の少女が味わった苛酷な体験から、ケベックに到着し、異文化にとまどいながらも温かい人々に迎えてもらった記憶まで、さまざまなことが断章的に綴られた作品である。グランビーという、モンレアルから東に車で一時間ほどの町に受け入れられ、そこで体験した人々の暖かさはこんな風に書かれている。

カナダに着いた最初の年、グランビーの町は私たちを温かく迎えてくれた。町の人々は私たち一人一人に優しくしてくれた。小学校の生徒たちは、お昼ご飯に招待するため、私たちの前に列を作った。そのため、私たちの昼時の時間にはいつもどこかの家族の予約が入っていた。それでも、ほとんど空腹のままで学校に戻った。ポロポロとこぼれるご飯を、どうやってフォークで食べたらいいのかわからなかったからだ。彼らに話すこともできず、彼らの言うことを理解することもできなかった。それが馴染みのない食べ物であることも、クイックライスの最後の一箱を手に入れるためにわざわざ走って買いに行ってくれなくてもいいことも、どう言ったらいいのかわからなかった。しかし、残ったご飯粒の一つ一つに、グランビーの人々の優しさと思いやりが詰まっていた。(21)

小学校の教育のなかにすでに、異なる人々を排除するのではなく、もてなす気持ちを養おうとする「共生」の姿勢がうかがわれる。言葉もしきたりも分からない者どうしの異文化交流なのでうまくかみ合ってはいないが、それでも互いの温かい気持ちだけは通じているようなほほえましい光景である。

アングロフォンの社会にたいして自らを閉ざし、ひたすら守りの姿勢にあったフランコフォンは、「静かな革命」や「フランス語憲章」を経て、多様性を包み込みながらフランス語を核として緩やかに統合していくという姿勢に変わってきた。現在のケベック文学および文学研究はさらに、先住民たちの作品にも関心を寄せていることを付言しておきたい。(22) ＥＵ（欧州連合）は言語の統合を伴わない政治的・経済的共同体を目指しているが、(23) ケベックはそれとはまた一味ちがったかたちで、きわめて先進的な共同体の一つのモデルを提示しているのではないだろうか。

おわりに

今からちょうど一〇〇年前、二十世紀初頭に発表されたケベック現代文学の原点である『マリア・シャプドレーヌ』を紹介した後、ケベック現代史を振り返りながら「静かな革命」前後に活躍した二人の作家、ガブリエル・ロワとアンヌ・エベールを取り上げ、現在の状況までを概観した。ケベック社会は、一七六三年にヌーヴェル・フランスが英国の植民地になったために、フランス革命を経験せずにフランスから切り離され、その後一九六〇年代の「静かな革命」までいわば旧制度《アンシャン・レジーム》が続いたようなものだ、と言われることがある。言葉とカトリック教会と教育制度がスクラムを組んで「生き延びる」ことに必死だったし、じっさい、このスクラムのおかげで自分たちの言葉と文化を「守る」ことができたのである。そこには、歴史の偶然も関与していて、アメリカ一三植民地との衝突が不可避になった英国が、ケベックの加担を怖れて懐柔策を講じ、一七七四年、「ケベック法」を制定してフランス系文化の存続を公認したことも大きい。しかし、第二次大戦後の都市化にカトリック教会の力が抗しきれなくなると、伝統的社会構造は一気に崩れ、一九六〇年代の「静かな革命」に突入する。都会生活の中でアングロフォンとじかに接触する機会が増えると、言葉への意識は一層高まり、「ケベコワ」としての自覚に目覚めることになる。近代社会を実現した途端にポストモダン的多文化状況に突入した、というのもケベックの特徴である。

二〇〇八年はケベック市創設四〇〇周年にあたった。サミュエル・ド・シャンプランがケベック市を建設したのは一六〇八年のこと。ケベックで盛大に祭典が行われたのは当然だが、日本でも十月一日には東京ディズニーリゾートにシルク・ドゥ・ソレイユの常設劇場が設置され[24]、その直後に日本ケベック学会が設立された。

三億の英語話者が住む北米大陸の一角で八〇〇万人のフランス語話者が住む「島」がこれほど活気に満ちているというのは、偶然が幸いしたことはたしかでも、それだけではなく、ケベコワたちがさまざまな局面で行ってきた状況判断や政治的選択の結果なのである。カナダは、ケベコワの抵抗があったからこそ、アメリカ合衆国とは一線を画して、英・仏を超えた多文化主義や人権などの価値観を社会的に実現してこられたともいえるだろう。ケベックは、人々の言葉と文化への愛着、そしてそれらの共存について考える際に、われわれに多くのヒントを与えてくれる地域なのである。以下の章では、文学作品の読解を通して、そのケベック社会の実像に迫りたい。

註

（1）わずかにあるのは、Patrice LACOMBE, *La Terre paternelle*, 1846, など。

（2）本章の注11参照。

（3）ケベックの歴史については、たとえば Jacques LACOURSIÈRE, *Une Histoire du Québec*, Septentrion, 2002（2014）を参照のこと。

（4）ジャック・カルチエ、アンドレ・テヴェ『フランスとアメリカ大陸１〈大航海時代叢書　第Ⅱ期19〉』（西本晃二、山本顕一訳）岩波書店、一九八二年。

（5）《Je me souviens（私は忘れない）》は車のナンバープレートなどにも記されたケベック州の標語だが、忘れられない出来事の最たるものがこのアブラム平原での敗北である。

（6）当時の住民の数は約六万人。

（7）ルイ・エモン『白き処女地』（山内義雄訳）新潮文庫、一九九四年「あとがき」参照。

（8）同書、二〇〇-二〇一頁。

（9）François RICARD, *Introduction à l'œuvre de Gabrielle Roy (1945-1975)*, Nota bene, coll. « Visée critiques », 2001, p. 60.

（10）因みに、最初の邦訳『森の嘆き—マリヤ・シャプドレーヌ』（小原伉訳、弘学館書店）は一九二三年に早々と出ているが、この映画をきっかけに、一九三五年には山内義雄の定訳『白き処女地』（白水社）が出版される。

（11）政治的主権と経済的連合に関して連邦政府と交渉する権限を州政府に委ねるかどうかを問う州民投票（レフェランダム）がこれまで二度行われている。一回目（一九八〇年）では、約六〇%が反対を表明したが、二回目（一九九五年）は、賛成が四九・四%、反対が五〇・六%という僅差だった。

（12）一九六九年の63号法（「フランス語推進法」）、一九七四年の22号法（公用語法）。

（13）因みに、他の八州は州内では英語のみを公用語とし、ニューブランズウィック州のみは英・仏両言語を公用語としている。

（14）Office québécois de la langue française, *La Charte de la langue française*, http://www.legisquebec.gouv.qc.ca/fr/showdoc/cs/C-11（二〇二一年九月二十四日アクセス）参照。

（15）カナダでは、英語を母語とする人々をアングロフォン、フランス語を母語とする人々をフランコフォン、その他の言語が母語の人々をアロフォンと呼ぶことが多い。

（16）とりわけ一九九三年の86号法による。

（17）BOUCHARD Gérard, *L'interculturalisme : Un point de vue québécois*, Montréal, Boréal, 2012.［邦訳：『間文化主義—多文化共生の新しい可能性』（丹羽卓監訳）彩流社、二〇一七年］他参照。

（18）岐阜県生まれ。一九八一年にカナダに移住し、一九九一年からモンレアルに在住。

（19）Kim Thúy, *ru*, Libre Expression, 2009 / Liana Levi, 2010.［邦訳：キム・チュイ『小川』（山出裕子訳）彩流社、二〇一二年］

（20）前掲書（山出裕子訳）四六頁。

（21）同書、二六頁。

(22) 本書第九章参照。
(23) 現在二七カ国の加盟国の二四の公用語のすべてをEUの公用語としている。
(24) 二〇一一年の東日本大震災により撤退。

第二章　小さな幸福の権利

――ガブリエル・ロワ『束の間の幸福』における身体と風景の描写

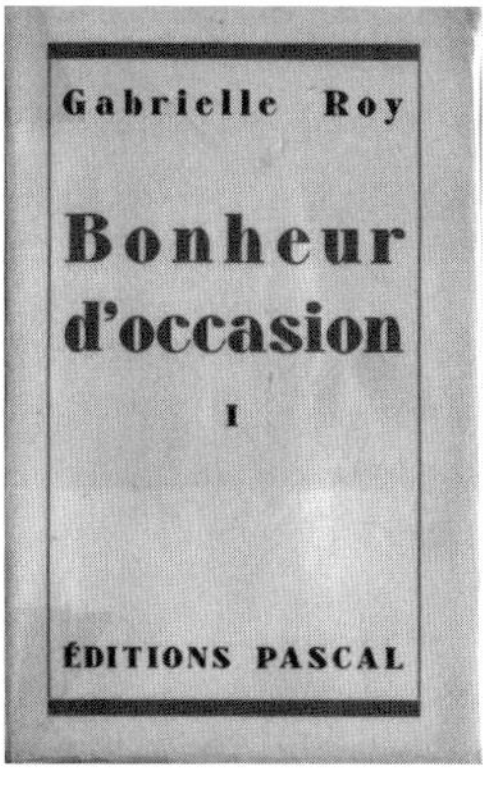

Gabrielle Roy, *Bonheur d'occasion*, Pascal, 1945.

はじめに

ガブリエル・ロワ（Gabrielle ROY, 1909-1983）が一九四五年にモンレアルのパスカル社から出版した『束の間の幸福』（*Bonheur d'occasion*）は、貧困と闘いながら都市で生活するフランス系カナダ人家族の生きざま、そこで幸福を追い求める若者たち、迫りくる第二次世界大戦への思いなどを取りあげた社会派の小説として、ケベック現代文学の誕生を決定づけた作品である。一九四六年にフランス系カナダ・アカデミー賞を受賞したこの小説は、翌年には英訳され、アメリカや英系カナダの人々のあいだにも多くの読者を獲得し、ついにはフランスのフラマリオン社から再版されて、一九四七年にフェミナ賞を受賞する。これほどの成功をもたらしたものはいったい何だったのか。本稿では、フロランティーヌ、ジャン、エマニュエルという三人の若者に焦点を当て、彼らをめぐる人物描写や彼らの目を通して眺められた風景に注目しながら、この小説の魅力を解き明かしてみたい。

フロランティーヌとジャン

小説の舞台になっているのは、モンレアルの旧港からラシーヌ運河を西に入っていったところに開けたサン＝アンリという労働者街である。フランス系住民が住むこの地区は、英系住民の高級住宅街であるウェストマウントと隣接しているだけにいっそう、富を占有する彼らとの生活の格差を見せつけられる場所である。失業中の父親に代わって、簡易食堂のウェイトレスとして受け取る薄給で大家族（兄弟は七人）を養っているフロランティーヌ・ラカスは、そこで生まれ、生活している。また、昼間は修理工として働き、夜は独学する、強い上昇志向の持ち主のジャン・レヴェックもこの地区の出身である。彼は生後まもなく両親を亡くし、孤児院育ちである。そして、フロランティーヌに思いを寄せるエマニュエル・レトゥルノーも、フランス系としては比較的裕福な家庭に育ったが、やはりこの界隈の住人である。

数日前から、フロランティーヌには店に食事にやってくる客の中に気になる青年がいる。知的で少し冷たい感じがするその青年は、店にやってくる他の客たちとはどこか違って見える。青年のほうも自分に関心があるのか、このところ足繁く通ってくる。二人はまだ料理の注文の受け答えをする以外はろくに口を利いたこともなく、互いのことをほとんど知らない。しかしだからこそ、ひたすら互いを観察する。ロワの小説の特徴のひとつに身体描写の入念さを挙げることができるが、その描写において、作家自身による客観的描写はときおり登場人物の眼差しと微妙に綯い交ぜになる。

フロランティーヌはジャンという名のこの青年がどんな人間か、まずはその外見から推測しようとする。

彼は顔を突き出して彼女のほうを見上げたが、その眼差しは厚かましさそのものであることが一瞬にして見て取れた。硬くて意志の強そうな顎、濃い色の目に秘められた耐えがたいまでの嘲弄、そうしたものが今日この顔に認めた最大の特徴であり、彼女は自分自身に腹が立ってくるのだった(1)。

厚かましくて冷笑的な目つき、頑固で意志の強そうな顎。フロランティーヌは彼の顔を観察すればするほど、どうしてこんな不愉快な青年が何日も前からあれほど気になっていたのだろうと不思議に思う。

一方、ジャンのほうも、フロランティーヌの顔つきをカウンター越しにきわめて冷静に観察している。すると、まだ二十歳にもならない、あどけなさを残したやせっぽちの娘が、自分を幸福にしてくれる相手かどうかを見極めようとして貪欲な視線を投げかけてくるのに出くわして、たじろがずにはいられない。

彼女は細面で華奢な、ほとんど子どものような顔立ちをしていた。感情を抑えようとするあまり、こめかみに青筋が走り、透き通るような鼻翼が引っぱられて、しっとりと絹のようになめらかで肌理の細かい頬の皮膚をそちらのほうに引き寄せていた。口は落ち着きがなく、ときおり微かに震えていた。しかし目を見ると、ジャンはその表情にびっくりした。眉毛を抜いて、ペンシルで上の方に描き足した眉の下で、うつむきかげんの瞼から放たれていたのは、赤褐色に輝き、慎重で注意深い、きわめて貪欲な細い視線に他ならなかったからである。それからまばたきすると、瞳が完全に見開かれ、突如として玉虫色に輝くのだった。肩には明るい褐色の髪の束が落ちていた。

確たるあてもなく、青年は彼女のことをまじまじと見つめていた。彼は彼女に引きつけられるというより驚いていた（一一頁）。

ロワの身体描写、とりわけ顔の表情の描写は微に入り、細を穿っている。フランス本国にはたしかに、顔の表情から人間の性格を推測する「人物描写（portrait）」の伝統があるが、ロワの小説においてもその伝統は十分受け継がれている。しかし、この描写はロワの作家としての写実的な観察眼からだけ生まれたものではない。なによりもまず、登場人物であるジャンの眼差しがとらえた現実を映しだしていて、それが詳細を極めるということは、彼の視線の鋭さや冷徹さを物語ってもいるのである。

ジャンの視線はしだいにフロランティーヌの顔から身体へと移り、彼女の背後にある鏡に映った後ろ姿から彼女の生活の一切を見抜いてしまう。

彼は彼女の上半身が姿見に映っているのを見て、そのやせているのに驚いた。彼女はそれでも、ウェストのところで緑色の制服の幅広のベルトを精一杯締めていたのだが、服はそのほっそりした身体にほとんどくっついていないのがわかった。青年は突然見抜いてしまった。サン＝アンリの不安なめまぐるしさの中で、この娘がどんな生活を送っているのか、白粉をはたいて粋をよそおいながら、一五セントの連載小説を読んでまがいものの恋愛の哀れで小さな炎に身を焦がす娘たちがどんな生活を送っているのかを（一二頁）。

野心家で努力家のジャンは、自分の境遇から抜け出すためには同じ階層の娘と交際することなど時間の無駄だと考えている。孤児だったため、今まで自力で生きてきた彼は、フロランティーヌのような娘につきまとわれて自由を失うつもりなどみじんもない。にもかかわらず、一人になると知らず知らず彼女の姿が呼び起こされるのに自分でも驚き、いらだちさえする。仕事を終えてサン＝タンブロワーズ街の下宿に戻り、窓から風に舞う雪を眺めていると、いつしかその雪は鞭で主人に命令されて踊る踊り子の姿に変わり、さらにその踊り子はフロランティーヌの姿へと変わっていく。憔悴しきってもなお踊りつづける彼女に、彼は憐れみを覚える。

ひと気のない道路を風がうなり声をあげながら吹き抜けていった。そのすぐ後ろから、細かくてまばゆいばかりの雪が舞いあがり、空中で飛び跳ね、家々の下の方を這い、ふたたび不規則にジャンプして上昇するのだった。それはまるで、鞭の音にせきたてられた踊り子のようだった。風が乗馬用の鞭を振り回す主人で、雪は、我を忘れたしなやかな踊り子、主人の前にやってきて半回転し、命令にしたがって地面にひれ伏す踊り子だった。（中略）踊り子は上昇し、上昇し、屋根の上までさまよい、疲労困憊したうめき声が閉じた鎧戸にぶつかるのだった。「フロランティーヌ…、フロランティーヌ・ラカス…、半ば民衆で半ば歌、半ば春で半ば悲惨…」と青年はつぶやいた。目の前で雪が踊るのを眺めすぎたせいで、彼には雪が人間の恰好、フロランティーヌの恰好をしてきたように思えた（二九頁）。

事の成り行きで二人は夕食をともにすることになるが、食事の場面で印象的なのは爪の描写である。若い娘らしくおしゃれはしたいのだが、その指先は、栄養不良と水仕事をはしなくも物語ってしまう。生まれて初めて入った高級レストランで、メニューを眺めながら聞き慣れない名前の料理の数々に戸惑っているフロランティーヌを前にして、ジャンの目はメニューを持つ彼女の指先に吸い寄せられる。そして、フロランティーヌの心が高揚しはじめたばかりだというのに、ジャンのほうはすでに欲望が憐憫の情にかき消されている。

ジャンには彼女の顔の上の部分と、白い厚紙の上できわだっている爪、マニキュアが細かくひび割れてはげかかった爪しか見えなかった。小指にはもうほとんどマニキュアが残ってなくて、そのむき出しで白い爪が、紅色に染められた指の隣りで彼の目を奪っていた。彼はそこから目が離せなかった。それから長い、長いあいだ、フロランティーヌのことを考えながら、この白い爪、むき出しにされて縞と白い斑点のついた爪…、貧血の爪を眺めていずにはいられなかった。（中略）「この娘《こ》を傷つけたりは絶対できない、いや、ぼくは絶対に決断できないだろう」と彼は独り言を言った（八二頁）。

ふだんは冷徹をよそおっているジャンのもう一面を窺わせるせりふである。「この娘を傷つける」とは、フロランティーヌを無視しつづけることか、それともつきあっておきながら捨てることか？「決断」とは、交際する決断か、それとも捨てる決断か？

しかし、フロランティーヌはいったいどれだけこのような複雑なジャンの内面を理解していただろう。二十歳にも満たないのに、失業中の父親や、家族の世話に明け暮れる母親に代わってこれまで必死に家計を支えてきた彼女は、一五セントで売られている連載恋愛小説を読んで恋に恋する乙女にすぎなかった。

不意に食事に誘われて、ストッキングは伝線しているし、ろくにお化粧もしていなかったフロランティーヌだが、レストランの化粧室で身繕いを整え、安物の香水に身を包んで戻ってきたときはすでに、ジャンに憐れみをもよおさせた彼女ではなく、忌々しさを感じさせるほどに誇らしげに変身していた。精一杯おしゃれをして、男友達と食事をしている彼女は、一気に飲んでしまったカクテルのせいでほろ酔い気分になり、一人ではしゃいでいる。嘲笑的で、理屈っぽいジャンが好きというより、姿見に映った自分自身の姿に酔いしれていたのである。

彼女をとりわけうっとりさせていたのは、青年の背後にある奥行きのある姿見に映った自分自身の姿であり、彼女はそちらのほうに頻繁に身を乗り出していた。そこには、目が輝き、明るくしっとりした顔色で、やわらかな顔立ちをした自分自身が見えていた。彼女はそんな自分が気に入っていたので、ジャンに近づきながら、自分の勝利の瞬間を絶えず伝えたがっているようだった。まもなく彼女は、側にいるだけで自分がこんなにきれいになる相手を愛さずにはいられなくなった（八三―八四頁）。

フロランティーヌは恋人がいる自分が好きで、自分をこんなに素敵に見せてくれるからその恋人が好きだったにすぎないのだが、有頂天になった彼女はそのことをジャンへの恋心と錯覚している。レストランからの帰り道、二人で歩きながら眺める雪の一片一片は、フロランティーヌの目には聖なる美しさすら帯びて見える。

とても大きな雪片が空中にゆっくりと漂っていた。フロランティーヌが街灯の下を通り過ぎたとき、それらはじつにさまざまな形をしていることがわかった。星のように大きさのものもあれば、祭壇の上に置かれた聖体顕示台を思い起こさせるものもあった。これまで一度も、こんなに美しくて大きな雪片を見たことはないように思われた（八四頁）。

フロランティーヌの心象を映しだす美しい風景描写である。しかし、一方のジャンは同じ風景を眺めていても、視線の向かう先がまったく違う。二人はサン＝アンリ駅の向かいにある陸橋にいるのだが、彼がそこから見上げるのはモン＝ロワイヤルの丘であり、いつか梯子を一段ずつのぼってこの界隈から抜け出すのだという決意をフロランティーヌに打ち明ける。

「君にはおそらく分からないだろうけど、ぼくはまもなく梯子の最初の段に足をかけるんだ…、それでもって、サン＝アンリにはおさらば、ってわけさ！（八五頁）」

同じ風景を眺めていながら、現在の幸福に浸りきっているフロランティーヌと、将来への野望に燃えるジャンとのあいだには、あまりに大きな隔たりがあると言わざるをえない。ジャンの言葉を理解できずに不安に襲われたフロランティーヌの目の前を、まるで文字どおり彼女の視界をさえぎるかのように、蒸気機関車が煙をあげて通りすぎていく。

フロランティーヌとエマニュエル

ジャンはフロランティーヌと交際する気はもうほとんどないのだが、彼女の悲惨な境遇に同情していないわけではなかった。彼は狡猾で嘲弄的な外見によって、いわば鎧をまとっていたが、じつは同類にたいして憐れみを感じるナイーヴな面をもった無口な勤勉家でもあった。フロランティーヌと共に夢見る将来はないと知りながらも、彼女を諦めきれずにいるところに現れたのが、唯一の親友エマニュエルであり、彼なら自分よりフロランティーヌを幸福にできるだろうと確信する。エマニュエルはフロランティーヌにすぐに好意を抱き、自宅で催すダンスパーティーに誘う。フロランティーヌは返事をじらしながらも、もう、きれいな服に身を包んで踊る自分の姿を想像している。

パーティー当日、エマニュエルの家にジャンは来ない。気取った客たちに囲まれて一人退屈そうにしているフロランティーヌの目と、友人や家族に囲まれていながら、これまたどこか居心地の悪そうなエマニュエルの目が合う。うつろだった彼の眼差しが、懐かしいものを見るようにパッと輝く。ジャンの視線とはまったく違うその視線に出会い、この人なら自分から離れていくことはないだろう、とフロランティーヌは直観する。

挫折から得た学習効果、と言うべきだろうか。彼女もようやく自分を幸福にしてくれるものを見極められるようになってきたようだ。エマニュエルに誘われて軽やかに、しなやかに踊るフロランティーヌは、彼とぴったり息が合っている。

フロランティーヌは最初のステップからぴったりエマニュエルにつき従っていた。これほど反抗的で意志が強い彼女なのに、ダンスのときは相手の動きに驚くほど従順で、すらりとした敏捷なその身体全体がつくり出すリズムに従い、情熱的に、子どもっぽく、ほとんど未開人のように音楽に身をゆだねていた。（中略）エマニュエルはフロランティーヌのウェストを押さえてから、腕の先のほうに彼女を送った。しばらくのあいだ、彼らは自分たち自身の生命に活気づけられて、まるで軽やかな分銅のように膝で足を揺さぶりながら横に並んで進んだ。エマニュエルが一方の手で娘の手を持ちあげ、彼女を回転させると、その動きでスカートや首飾りや腕輪が舞い上がった。彼は彼女のウェストをふたたびつかまえた。それから彼らはぎくしゃくしたリズムに合わせて、顔と顔を寄せ合い、息をまぢかに感じながら飛び跳ね、互いの目には相手が飛び跳ねる姿が映っていた。束ねずになびいているフロランティーヌの髪は、一方の肩からもう一方へと波打ち、回転するたびに彼女の視界をさえぎった。（中略）「ぼくは君と一晩中踊るよ、ねえフロランティーヌ」とエマニュエルは言った。「君と一生踊るんだ。」（一三七頁）

知り合って間もない二人だが、ダンスでの呼吸はぴったりで、このくだりは二人の将来を予告するかのようだ。かつて、ジャンが自室の窓から風に舞う雪片を見て想像した踊り子、主人に命令され、憔悴してなお踊りつづける踊り子の姿は、ここではエマニュエルにリードされながら、軽やかに、ほとんど本能的に踊るフロランティーヌの姿に変貌している。この一体感の中で、エマニュエルは「ぼくは君と一生踊るんだ」という、求婚の言葉ともとれる言葉を口にするのである。

しかし、人間は幸福になれると分かっているものを常に追い求めるとはかぎらない。幸福にはなれないと分かっていながら惹かれてしまうものもある。ダンスパーティーのあと、三週間店に姿を現さなかったジャンのことが気になってしかたないフロランティーヌは、一目彼に会いたくて職場まで押しかけてしまう。この度の彼女は、お化粧っ気もなければ装身具も身につけていない、むき出しで傷つきやすい娘だ。「なんで来たんだ。エマニュエルと仲良くやっていると思っていたのに（一九〇頁）と言って冷たくあしらうジャンも、その哀れな様子に心を動かされ、つい夕食に誘ってしまう。さらに、フロランティーヌの巧みな誘いに乗って、家族が留守だとは知らずに訪れた彼女の家で、過ちをおかしてしまう。

第二次世界大戦が始まり、エマニュエルは入隊する。フロランティーヌはたった一度の過ちでジャンの子を宿していることに気づくが、誰にも打ち明けられずに一人で思い悩む。弟のダニエルは重い病気に罹る。家賃を滞納したラカス家は立ち退きを命ぜられ、まだ引越先も決まらないうちから新しい借家人が到着し、奇妙な同居が始まる。ようやく線路脇に見つけた安アパートは、汽車が通るたびに轟音と煙に見舞われる…。ドラマとはこんなものか、といわんばかりにラカス家に災難が降りかかる。

休暇で一時帰宅したエマニュエルがフロランティーヌを訪ねてきたのは、そんなときだった。無味乾燥な軍隊生活において、フロランティーヌの面影は彼の心の中でますます肥大し、「懐かしい面影、憩いの源（三〇一頁）」となっていた。家族との団らんも早々に切り上げたエマニュエルはフロランティーヌに会いに出かけるが、彼女の家だったところにはすでに別の借家人が住んでいる。ようやく再会できた二人は食事をしたあと、散歩する。フロランティーヌは春になって衣服を全部新調していた。自分がいないのにきれいな服を着ているのは、だれか別の恋人ができたせいだろうか…と疑心暗鬼するエマニュエル。しかし、ジャンとのことでさまざまな感情を学習したフロランティーヌは、「男の子を夢中にさせるためかい？（三五〇頁）」というエマニュエルのからかい半分の言葉の裏に潜む悲しみを見抜く。

エマニュエルの心をとらえるにはどうしたらよいか？　じらすのもほどほどにしないと、彼は離れていってしまうかもしれない。そうなったら、自分（とお腹の子ども）の幸福の最後のチャンスを逃してしまうことになる。彼女は賭けに出る。「バカねえ、出発前に、ぼくの女友達になってくれないかい、って聞いたじゃないの。私が待っていたのはあなただけだって、分かってるくせに（三五一頁）」お人好しのエマニュエルの疑心はこの一言で氷解する。と同時に、妊娠の事実を知って以来フロランティーヌにつきまとっていた苦悩も消え去り、河岸に降りていく二人を取り巻く夕暮れ時の風景はこの上なく穏やかだ。

その後、夕の帳が降りるころ、二人は河べりの小さな入り江に腰を下ろしていた。そこには町の喧噪が遠くからかすかに聞こえてきていた。土手が高かったので、ここまで来る者は誰もいなかった。彼らは二人っきりで、聞こえるのはただ河の悠久のうなり声だけ、瞳に映るのは岸辺の貧弱な草むらのあいだを飛ぶ渉禽類だけだった。銀色に輝きながら蛇行する水の上に一羽のハゴロモガラスが舞い上がり、その鮮やかな赤色の肩飾りが燃えるように輝いていた。わずかに残った薄明は、鳥の旋回にしたがってこの色斑を追いかけ、鳥を下方の葦の群れの中に見つけたかと思うと、突然、ずっと高い楡の木の枝のあいだに見つけるかのようだった。

遠くでは、紫色の大きな雲が河に沈み込んでいった。

二人は休憩するために天辺がなめらかで平らな大きな岩を見つけたのだった。土台の部分には急流の名残をとどめる渦がぶつかっていた。エマニュエルは、フロランティーヌが新調したコートを汚さないように、カーキ色の大判のハンカチを広げてくれた。彼女はそこにちょこんとすわり、足をぶらぶらさせていた。エマニュエルは彼女の身体に腕を回していた。彼はまだおずおずしていたが、彼女が馴れ馴れしくするのを許してくれるのにとても驚いていた。フロランティーヌにとって、夜は歓迎すべきものだった。もう孤独な自分を不意打ちすることがないので怖くない夜、さまざまな顔をゆがめ、表情を隠し、記憶を綯い交ぜにし、時間も綯い交ぜにして、漠たる忘却の思いをもたらしてくれるよい夜だった（三五一―三五二頁）。

「戦争が終わるまで待っていてくれる?」というエマニュエルの言葉に、「そんなに待てないわ。(中略)だって、あなたが別の女の子たちと親しくなってしまうのではないかと心配だもの」と、「か弱い女の持てる力を総動員して」(三五三頁)答えるフロランティーヌ。というのも、これが自分と生まれてくる子どもが幸せになるために残された唯一の方法であることを、承知しているからである。二人は婚約し、あわただしく結婚式を挙げて、エマニュエルはヨーロッパ戦線へと赴く。フロランティーヌ十九歳、エマニュエル二十二歳。エマニュエルの貯金で、彼女ばかりかラカス一家もようやく金銭的苦労と劣悪な住環境から解放される。そしてたとえエマニュエルの身に万一のことがあったとしても、戦争未亡人の年金で一生安泰である。

小説の最終場面で、フロランティーヌはこれまで感じたことのない満足感を味わう。ジャンに対するような熱い感情ではないけれど、エマニュエルの思いやりに包まれて、「大きな喜びではなくても苦悩のない未来」に向かって歩き出したのである。生まれてくる赤ん坊のことも、ジャンではなく、エマニュエルの子どものような気がしてくる。「エマニュエルに全部打ち明けたほうがよかったかしら?(四〇二頁)」と自問しながら、次の瞬間、そんな考えが浮かんだことに苦笑する。

ずいぶんと都合のよい結末だと思う読者も多いのではないだろうか。しかし、われわれはここから、若気の至りで犯してしまった過ちからの解放についての、ロワの力強いメッセージを受け取ることができる。本当のことを知らせて幸せになる者は誰もいない。二人の生活に「過去」が暗い影を落とすだけで、生まれて来る子どもに罪はない。六〇年代に始まる「静かなる革命」以前のフランス系カナダ社会はカトリックの色彩がきわめて濃いが、そうした道徳的規範の中で過ちを犯した若者にたいする救済の眼差しが、ロワの作品の魅力のひとつになっているように思われる。

身体描写と風景描写

一七五九年、フランス系住民と英系住民の運命を決したアブラム平原での戦いにフランス系が敗れて以降、多数派を占めるフランス系住民が少数派の英系住民によって政治的にも経済的にも支配される構造が生まれる。世界恐慌のあおりを受けて、失業者が増加する。そこに勃発した第二次世界大戦では、フランス系住民も英国に加担させられる。それでも、出征できる者は俸給で家族を養えるからまだましと考えなくてはならない、という皮肉。フロランティーヌの父親のアザリウスも、元は指物師だったのに働き口を失い、一時はタクシーの運転手をするが、そこも解雇されて失業中である。彼は妻のロザンナも認めるように、暴力を振るったことのない優しい、憎めない男だが、夢想家でカフェで理想論ばかりまくしたてて、家族を養うという生活の基本を忘れている。しかし、小さな息子のダニエルが病死し、その直後にロザンナが九人目の子どもを産むと、ようやく一家の主としての自覚が芽生え、出征を決意する。このように、ロワの小説は貧困、大家族、戦争などさまざまな社会的テーマを扱っているのだが、本稿ではあえて、主人公フロランティーヌと彼女を取り巻く二人の青年とにスポットをあて、とくに彼らをめぐる身体描写と風景描写に注目しながらその展開を追ってみた。

しかしじつは、彼らの恋愛感情とて、自分たちが置かれている社会的状況と無縁ではない。フロランティーヌは、失業中の父親や子沢山の専業主婦である母親に代わって簡易食堂の安い給料で一家を支えてはいるものの、だからこそいっそう、そのような環境から抜け出す機会を結婚という契機に探し求めようとする。周りの人間の鼻につくほど自尊心が強く、フロランティーヌに対する恋心に素直になれないジャンの性格にも、孤児だった子ども時代が少なからず影響しているはずである。そしてエマニュエルは、家庭は比較的裕福だが、そのために庶民階級のフロランティーヌのことをよく思わない父親に強く反発する。

ロワの小説は、これら三人の心の内をとらえるために、じつに巧みな身体描写をする。その描写において、作者の客観的眼差しは登場人物の視線とたえず交錯する。フロランティーヌは自分を幸せにしてくれる相手かどうかを見極めようとして、必死にジャンやエマニュエルの表情を観察するし、ジャンも、フロランティーヌの顔や手や体格から、彼女の生い立ちまで想像する。また、エマニュエルもしばらくぶりに会ったフロランティーヌの着飾った様子に、自分の不在中に彼女の心に変化があったのではないかといぶかる。『束の間の幸福』には、登場人物の内面を映しだす身体描写がじつに豊富である。

さらに、そうした身体描写は外界の風景描写とも巧みに呼応し、風に翻弄させられる雪片や、ジャンが野心たっぷりに見上げるモン゠ロワイヤルの丘、フロランティーヌの過去の過ちを流し去るかのように流れる河などが描かれる。『束の間の幸福』は、重い現実を扱った普遍的射程をもつ小説でありながら、三人の若者が繰り広げるメロドラマという大衆路線を採用し、彼らを小説の緊密な構造の中にきわめて効果的に配したことによって、多くの読者を獲得したのだろう。

おわりに――教養小説と社会派小説のあいだで

ロワはマニトバ州のサン゠ボニファスという、ケベック州以外ではもっとも古いフランス系の町の出身だが、小学校教師として働いたあと、二十八歳から二年間、演劇の勉強のために英国やフランスに滞在し、帰国後はモンレアルに落ち着く。『束の間の幸福』を執筆する二年ほど前から、ウェストマウント地区のグリーン通り近くにある共同住宅に住んで、フリーランスの記者として働いていた。サン゠アンリとは鉄道の線路を隔てて隣接しているこの英系住民用の高級住宅街の住人だったある日、散歩の途中でサン゠アンリを発見して、小説の舞台にした。春は引越の季節で、住民は同じサン゠アンリの中で、少しでもよいアパートに移ろうとする。ロワも小説の取材のために、家探しをよそおって、そうしたアパートの内部を見学したそうだ(2)。

筆者がこの小説を最初に読んだのは、フロランティーヌとほとんど同い年の頃だった。大学の授業で抜粋を読んだときの第一印象は「暗い小説」ということだった。フロランティーヌが背負っている現実はあまりに重く、同性で同年代の読者としては逃げ出したい気分だったのを覚えている。

ところが、それからだいぶ経ってから改めて全体を読んでみると、この小説がただ「暗い」だけではないことに気づいた。フランソワ・リカール（François RICARD, 1947-）も指摘するように、「囚われの身（emprisonnement）」からの「解放」、厳しい自然や貧困、宗教的倫理観、女性としての条件など、さまざまな要素によって束縛されている人間の解放という主題は、ケベックの多くの文学作品に共通するものだが、[3] ロワのこのメロドラマ的とも言える小説も例外ではない。夢も希望もある娘が恋に恋して過ちを犯す。さんざん苦しみながらも、幸せになる権利を最後まで放棄しない彼女に、「もうひとつの人生（四〇三頁）」が用意されている。それは大きな喜びに包まれたハッピーエンドではないが、「やり直し」、「再生」の可能性を示唆するものである。その点、春を思わせる「フロランティーヌ」という名前も象徴的だろう。『束の間の幸福』はフロランティーヌという娘の内面的成長過程をたどった一種の教養小説として読むことも十分に可能な作品なのである。

だが、一人の若い娘の成長物語というだけでは、おそらくこれほど多くの読者を獲得することはできなかっただろう。フロランティーヌのみに注目すれば、たしかに小さな幸福が約束されて終わるので、その意味では、読者を絶望の底に取り残してはならないとする、北米におけるハッピーエンドの作法も守られているのだが、じつはその最後の場面における「解放」はきわめて逆説的であり、両義的である。フロランティーヌ自身は貧しさや未婚の母になるはずの運命からかろうじて解放されたにせよ、はからずもその解放に貢献したエマニュエルも、就職先が見つからずに母親に金の無心ばかりをしてぶらぶらしていた彼女の弟のウジェーヌも、そしてついには父親アザリウスまでも出征する。直接の動機は、家族を養うためだったり、英国を支援するためだったり、正義感からだったりするけれども、本当の理由がわかっている者はいない。

駅での別れの場面で、真の理由を見つけられないままに列車に乗り込んだエマニュエルは、群衆の中に埋もれた小さな老婦人の口の動きから答えを読みとる。「終わるでしょう、いつかは終わるでしょう（四〇〇頁）。」そのとき彼は、人類を立ち上がらせるのが「戦争を破壊する」という漠たる希望であることを感じ取る。『束の間の幸福』の成功の秘密は、こうしたきわめてアクチュアルな問題に、登場人物一人一人の視点から問いを投げかけたことによるのではないだろうか。ヨーロッパ戦線に赴く直前のエマニュエルに許された一〇日ばかりの休暇を利用しての新婚生活はあまりにも「束の間」のものであり、いつ再開できるのかは誰にもわからないし、そもそも永久に再開できない可能性すら否定できないのである。

現在のモンレアルは、当然のことながらこれほど英系と仏系の格差がはっきりしている都市ではない。第二次世界大戦後は、戦争で家を失った多くのヨーロッパ人が移民としてカナダに到着し、英系対仏系という二項対立的図式だけで社会を読み解くことはできなくなった。六〇年代に始まる「静かなる革命」で、フランス系の人々も徐々に近代的価値観を身につけ、運命に押しつぶされてばかりはいなくなる。ケベック州における一連のフランス語法[4]によって、少なくともケベック州の中でのフランス系住民の地位は格段に向上した。現在のサン＝アンリ界隈は、もちろんウェストマウントの瀟洒な佇まいと比較はできないにせよ、映画[5]が伝える雰囲気からはほど遠い、閑静な住宅街であり、そこに「貧困」を感じさせるものはない。カナダは世界でもっとも生活の質の高い国のひとつであり、ケベック州も例外ではないのである。発表当時、同時代的テーマを若者の日常を通してわかりやすく提示することによって多くの読者を獲得した作品は、今では、一定の解放を勝ち得たフランス系の人々の心の原点として読み継がれているのだと思われる。

註

（1）Gabrielle ROY, *Bonheur d'occasion*, Boréal, coll. « Boréal compact », 1996, p. 10. 以下、同書からの引用は、直後に頁数のみ記す。

（2）Gabrielle ROY, *Le Pays de Bonheur* d'occasion, Boréal, coll. « Les cahiers Gabrielle Roy », 2000, pp. 81-100.

（3）François RICARD, *Introduction à l'œuvre de Gabrielle Roy (1945-1975)*, Nota bene, coll. « Visées critiques », pp. 60-63.

（4）一九六九年の63号法、フランス語を行政・公共サービスを含め、職場での使用言語と定めた一九七四年の22号法、そして、フランス語をケベック州の唯一の公用語とした一九七七年の「フランス語憲章」。

（5）小説が有名になったために、ハリウッドのユニヴァーサル・ピクチャーズが早いうちから版権を買っていたが、すぐには映画化されず、一九八三年に遅ればせながら、ＯＮＦ（国立映画制作庁）によってクロード・フルニエ（Claude FOURNIER）監督のもとで映画化された。

第三章　アンヌ・エベールが描くケベック女性

——生誕一〇〇周年にちなんで

Anne Hébert,
Le Torrent,
HMH, 1963.

Anne Hébert,
Les chambres de bois,
Seuil, 1958.

Anne Hébert,
Kamouraska,
Seuil, 1982.

はじめに

アンヌ・エベール（Anne HÉBERT, 1916-2000）は詩人、小説家、シナリオライターとして、女性の視点から社会に発信しつづけた、二十世紀ケベックを代表する作家である。その作品の多くがパリの出版社から出版されることにより、世界中に読者を得ると同時に、ケベックでの評価も高まった。カトリックの伝統色の強い因習的なケベック社会の中で解放への欲求を秘めながら生きる女性の内面を掘り下げたそれらの作品は、語りの構造など文学的手法の観点からだけでなく、フェミニズムの観点から批評されることも多かった[1]。

二〇一六年は、彼女の生誕一〇〇周年という節目にあたっていた。ケベック内外でエベールを回顧するさまざまな行事が行われたが[2]、筆者もこの機会に、詩集『王たちの墓』（*Le Tombeau des rois*, 1953）や、『激流』（*Le Torrent*, 1950）、『木の部屋』（*Les chambres de bois*, 1958）、『カムラスカ』（*Kamouraska*, 1970）といった小説群を読み直しながら、政治や社会への直接的な発言とは別のかたちで、すなわちペンと想像力によって、ケベック女性、ひいてはケベック社会全体の解放を模索した作家としてのエベールの姿を浮き彫りにしたい。

エベールの経歴

具体的な作品の読解に入るまえにまず、日本では残念ながら十分紹介されているとはいいがたいこの作家の略歴について、出版関係の年譜を中心に確認しておこう(3)。

エベールは一九一六年、ケベック市から四〇キロほど北西に位置するサント＝カトリーヌ＝ド＝フォサンボーという町で五人兄弟の長女として生まれ、二〇〇〇年にモンレアルで亡くなった。父親はアカディア人(4)で、州政府の役人。彼自身も詩人であり、批評家だった。母方のほうは、両親とも由緒ある家柄の出身で、父親はカムラスカ領主の血を引き、母親はサント＝カトリーヌ＝ド＝フォサンボーの領主の子孫で、詩人として有名なエクトール・ド・サン＝ドニ・ガルノー（Hector de SAINT-DENYS GARNEAU, 1912-1943）、さらに遡って、最初の本格的な『カナダ史』（*Histoire du Canada depuis sa découverte jusqu'à nos jours*, 1845）の著者であるフランソワ＝グザヴィエ・ガルノー（François-Xavier GARNEAU,1809-1866）とも血縁だった。

まず一九四二年、詩集『釣り合った夢』（*Les Songes en équilibre*）をモンレアルのアルブル社から出版し、ダヴィッド賞(5)を受賞する。一九五〇年にはこの賞金を使って中編小説集『激流』をモンレアルのボーシュマン社から自費出版する。二十世紀前半のフランス系カナダはペンだけで生計を立てるのは容易ではなく、エベールもタイピストをしたり、ラジオ・カナダのための原稿を書いたり、のちにはＯＮＦ（国立映画制作庁）でシナリオライターとして働いたりしながら、創作活動を続けていた。

一九五三年、二番目の詩集『王たちの墓』を自費出版する。同年、スイスの批評家アルベール・ベガン（Albert BÉGUIN, 1901-1957）とフランスの詩人ピエール・エマニュエル（Pierre EMMANUEL, 1916-1984）がケベックを訪れる。エベールは彼らと知り合い、その後、エベールがパリを訪れたときに、彼らを介してスイユ社に紹介され、これが彼女ののちの作家人生にとって重要な意味をもつことになる。

一九五四年、カナダ王立協会(6)の奨学金でパリに遊学し、五七年まで滞在する。その間にスイユ社から、次の作品を無条件で出版する権利を得る。

一九五七年にいったんモンレアルに戻り、一九五八年には長編小説『木の部屋』をこのスイユ社から出版。一九六〇年には同社から『詩集』を出版し、一九六一年、この詩集により、カナダ総督文学賞を受賞する。しかし、それでもまだ、ペン一本で生計を立てることは容易ではない。一九六〇年に父親が亡くなると、フランスとケベックの間を往復するようになり、さらに一九六五年に母親が亡くなると、パリに定住することになる。

状況が一転するのは、一九七〇年、二冊目の小説『カムラスカ』を発表してからである。後述するように十九世紀半ばにこの土地で実際に起きた殺人事件に取材したこの小説は、わずか数カ月で一〇万部を売るベストセラーとなり、フランス書店賞を受賞する。さらに、一九七五年には三冊目の小説『魔宴の子供たち』（*Les Enfants du sabbat*）を出版し、ふたたびカナダ総督賞を受賞。翌年にはアカデミー・フランセーズ賞も受賞する。一九八二年、五冊目の小説『シロカツオドリ』（*Les Fous de Bassan*）でフランスの五大文学賞の一つであるフェミナ賞を受賞する。(7) これにより、ようやく経済的不安から解放される。

一九八八年には、国際ペンクラブのカナダフランス語センターによりノーベル賞候補にも挙げられる。一九九七年、三二年間住んだパリからモンレアルに戻り、一九九九年、最後の作品となる『光の服』（*Un habit de lumière*）を出版して、二〇〇〇年一月二十二日、八三年の生涯を閉じる。


以上がアンヌ・エベールの略歴である。彼女はいわば二十世紀のケベックを初めから終わりまで生きた作家である（実際には、「ケベックとフランスのあいだで生きた」と言った方が正確だが）。彼女が生きた時代は、第二次世界大戦後、「静かな革命」と呼ばれる六〇年代ケベックの急速な近代化の時期を経て、七七年の「フランス語憲章」や八〇年と九五年に行われた二度の州民投票、(8) そして九〇年代の間文化的《アンテルキュルチュレル》な流れなどを経験しながらケベック社会が大きく変化し、成熟していった時期とぴったり重なる。

家柄や環境にも恵まれ、幼い頃から本に親しんで育ったエベールは若くして作家を志すようになるが、彼女が執筆活動を始めた一九四〇年代、五〇年代の北米フランス語圏の状況は厳しいものだった。人口、識字率のどちらから見ても読者数が限られていたし、カトリックの色彩が強いため表現上の制約も多く、作家として身を立てることは簡単ではなかったのである。フランス系カナダは、一七五九年にアブラム平原（ケベック市）で繰り広げられた英仏の戦いに本国が援軍を送ってくれなかったために自分たちの敗北が決定的なものになってしまったとして、長い間、フランスにたいして恨みの混じった複雑な感情を抱いていた。にもかかわらず、二十世紀前半というのはまだ、言語的にも、文化的にもフランスを参照することの多い時期だった。エベールは、自著をフランスの出版社から出版できたほとんど最初の作家の一人である。アラン・ロワ（Alain ROY）も指摘しているように、(9) エベールは最初の詩集や小説はケベックで自費出版せざるをえなかったが、その後、パリのスイユ社から出版できるようになったことで、逆にケベックでの評価も格段に高まった。では、実際に彼女はどんな作品を手掛けたのだろうか。そこに描かれた女性像を中心に見ていきたい。

『王たちの墓』

まず一九五三年、彼女が三十七歳のときに発表した詩集『王たちの墓』から、同題の長詩の一部を読んでみたい。「王たち」というのは、古代エジプトのファラオたちのことで、「わたし」が彼らの墓に降りていく場面が描かれている。

（前略）
横臥する者たちの不動の欲望がわたしを射貫く。

わたしは驚きながら眺めるのだ
黒ずんだ骨にじかに象嵌された
青い宝石が光るのを。

（中略）
わたしの放心した顔に覆いかぶさる黄金の仮面
瞳の代わりの紫の花々、
わずかばかりの愛がはっきりとした短い線でわたしに化粧をほどこす、
そしてわたしが握りしめているこの鳥は
呼吸し
風変わりなうめき声をあげる。

木から木へと吹き渡る風にも似た
長い戦慄が
厳かできらびやかな棺におさめられた
黒檀と化した七人の偉大なファラオたちを揺り動かす。

それは執拗に存続する死の深みにすぎない、
犠牲にされた肉体のまわりで
空しいおもちゃである
腕輪をカチャカチャと鳴らしながら
最後の苦悶を真似、
安らぎと
永遠を探し求めている。

わたしの内なる悪の、親愛に満ちた泉に飢えた彼らは
わたしを横たえ、わたしの泉から水を飲む。
七度、わたしは骨に万力を感じる
そしてわたしの心臓を探し当て、引きちぎろうとするひからびた手を。

恐ろしい夢をたらふく見させられて青ざめたわたしは
今や手足をほどかれている、
死者たちは暗殺されて、わたしの外にいる、
どんな夜明けの光線がここをさまよっているのだろう?

瞳をくりぬかれ
震えながら朝のほうを向いているこの鳥は
いったいどこからやって来たのか？(10)

王たちは「不動の欲望」をたずさえたまま、死してなお生き続けている。彼らはきらびやかな宝石を象嵌され、空しい腕輪をはめられて、何千年の年月を経てもなお、この世の栄華に執着している。エベールはなぜここでファラオの姿を描いたのだろうか。古代エジプトの王たちと放心した「わたし」の関係を、どのように考えたらよいのだろうか。

ナタリー・ワテーヌ（Nathalie WATTEYNE）がいみじくも指摘しているように(11)、この詩は古い伝統により、死してなお君臨しつづけている政治的、宗教的エリートたちを隠喩的に表現していると解釈することができる。それを、古代エジプトの王たちの姿を借りて表現しなければならないところに、直截的な告発が困難だった当時の時代状況、またエベールの詩人としての戦略が感じられる。ファラオは世界にたいして閉じられ、従属しているフランス系カナダの象徴であり、「わたし」は一人の女性としても、また集団としても、そのようなものを断ち切るために、勇敢に墓に降りていかなければならない。

地獄下りの主題はダンテ以来、多くの作家たちによって繰り返されてきたものだが、エベールもまた、この神話的主題を借りながら、強大な権力をほしいままにしたファラオたちが眠る夜の世界に降りていき、彼らを「暗殺」し、解放されて夜明けを迎える「わたし」を描く。しかし、最終ストロフの「どんな夜明けの光線がここをさまよっているのだろう?」という疑問文は暗示的だ。その夜明けはまだきわめて曖昧なものといわざるをえないのだから。

『激流』

次に、少し時代を遡って一九五〇年に発表された『激流』という中編小説集の中から同題の作品を読んでみたい。この作品は当時のケベック社会にとってはあまりに過激だと見なされ、出版社が見つからずに、結局自費出版するまで五年もかかったものである[12]。その後一九六三年にようやく、二篇の中編小説を加えて七篇でHMH社から出版され、一九六五年にはパリのスイユ社からも出版されて、六〇年代以降は批評が絶えなくなる。このあたりにも、六〇年代の「静かな革命」を境にしたケベック社会の劇的な変化を読み取ることができる[13]。

『激流』は、厳しい母親のせいで「世界を奪われた」フランソワの物語である。クローディーヌは婚外の妊娠をしたために村を離れざるをえず、森の中で息子のフランソワとひっそりと暮らしている。彼女は息子を聖職者にすることで罪を贖おうと企てている。フランソワは十二歳になるまで人の顔をよく見たことがなかった。母親の顔すら怖くてまともに見ることができなかったのだ。しかし、次第に、人間(男の人)の顔を間近に見たいという好奇心が芽生え、ある日、通りまで出てみるのだが、人の気配はない。ところが突然溝で何かにつまずき、見ると、それは泥まみれで恐ろしい形相をした人間だった。彼はフランソワに話しかけてくるが、そこに母親が現れ、家に連れ戻される。母は「世界は美しくないんだよ、フランソワ、触れてはいけない[14]」といって彼を叩くのだが、フランソワにとってそれは、初めて他人を見た、新鮮で興奮する体験だった。

その後寄宿学校に入り、母の期待通りに多くの賞を獲得するが、何の喜びも感じられない。そればかりか、母を憎んでいることに気づき、十七歳になったとき、彼を神学校に入れようとする母の意に背く。彼は母親に鍵束で頭を叩かれ、聾となるが、その時から自分の内部に「激流」が流れているのが聞こえるようになる。

そのころ、家に荒馬がやってくる。ある日、その綱が故意なのか、偶然なのか解かれ、母は血だらけになって死ぬ。一人になったフランソワは母の抑圧から解放され、やがて異性への欲望を感じるようになって、探しに出かける。道端に古道具を売る行商人がいて、その娘と思しき者がフランソワに笑いかけてくる。彼はこの女を「買い」、アミカと名づけ、自宅に連れ帰る。彼は彼女のずる賢こそうなところが気に入ったのだが、彼女が彼の首に腕を巻き付けてくると、「どんな冷たい爬虫類がぼくにまとわりついてくるのだろう?[15]」と自問する。母の軛を逃れたと思ったら、今度はアミカにつながれている自分を見出すのである。

しかし、ある朝フランソワが起きてみると、アミカは姿を消していて、家の中は荒らされていた。母がすべてを記録していた「勘定帳」が出てきて、その最後のページには「悪の金は清算済み」と書かれている。フランソワの頭の中を駆け巡っていた怒涛も、もうほとんど聞こえなくなっている。そして、アミカの頭が水に浮いているのを発見する…。

この作品は、単なる母と息子の異常な関係としては片づけられない、様々な角度からの分析の可能性をはらんでいる。この一人称小説の語り手はフランソワなので、母親はいわば脇役だが、彼女が体現しているものは象徴的である。彼女はカトリックの教えを内化し、みずからの贖罪のために息子の人生をほしいままにする。小畑精和も指摘するように、[16] 子供の教育に熱心にたずさわる母親は伝統の守り役でもある。彼女は「おまえは私の息子だよ、私の後に続くんだ」という言葉を何度も繰り返す。そこから解放されようとして抵抗した息子は、まるで彼の気持ちを理解したかのような荒馬によって母親から解放され、これで人生をやり直せるかと思いきや、結局、今度は自分が「所有」しようとして「買った」アミカに逆に「所有」されていることに気づく。

フランソワの人生に闖入してきたアミカとはいったい何者だったのだろう。彼女は、「悪魔」、「魔女」、「私の人生の証人」など、さまざまな呼び名で呼ばれるが、ただの物取りのようでもあり、人里離れた家であったと思しき事故（あるいは事件）を探りにやって来た偵察者のようでもあり、しかし、最後の場面を見ると、結局彼女自身も物取りの犠牲者だったようにも見える。

この小説では、カトリックと結びついた父権的な力を母親が代弁し、息子がその犠牲になるという、いわばジェンダー的には転倒した配置になっているが、結果的に、母の後に登場して主人公を「所有した」アミカは、じつは主人公を母親の呪縛から、つぎに主人公にとりついた「激流」（言語化できない内面の嵐のようなもの）から彼を解き放ちに来た解放者なのかもしれない。その意味では、「静かな革命」以前のケベック社会はジェンダー的視点からだけでは説明できず、男女ともに「囚われの身」だったとも言えよう。

『木の部屋』

「静かな革命」前夜の一九五八年に『木の部屋』が出版される。先述したように、エベールは『激流』を出版したあと、一九五四年からカナダ王立協会の奨学金でフランスに遊学しており、その滞在は当初の予定を大幅に超えて三年に及ぶことになる。『木の部屋』はその滞在中に交渉が成立したパリのスイユ社から上梓された。

主人公のカトリーヌはごくつましい階級の娘である。母に死なれ、何もできない高齢の父親に代わって、三人の妹がいる家庭を切り盛りしているが、子供の頃に森ですれ違ったことのある領主の息子ミシェル（彼はピアニストを目指している）に見初められ、身分違いの結婚をする。ところが、領主の館は姉のリアとその恋人に占拠され、ミシェルとカトリーヌは追い出されて、パリの小さなアパルトマンに引っ越す。音楽のシーズンに姉弟が使っている板張りで防音装置が施された部屋で、これが作品のタイトルになっている。

ミシェルは妻を、日本風に言うなら「床の間に飾っておく」。彼女に主婦らしいことは一切させようとしない。家事などは女中がするもので、愛する妻にさせるものではない、というのが彼の持論なのだ[17]。結婚前、父親や妹たちの面倒を見ることに生き甲斐を感じていたカトリーヌにとって、何もしないこと以上の苦痛はない。「わたしは水たまりの中を素足で、息が切れるほど走りたい[18]」と願いながら、狭いアパルトマンの中に閉じ込められ、無為の生活を送りながら蒼白く痩せていくのだが、それでも、理想の妻になろうと努力しつづける。

しかし、その努力もやがて限界を迎え、病を得て、医者の勧めで南仏と思しき海辺に転地療養に出かける。そこで、ようやく健康を取り戻すと、ミシェルとは対照的なブリュノーに求婚される。彼女は彼から自分の人生を自分で決める勇気を学び、ミシェルに別れを告げるためにアパルトマンに戻ってくる。作品の最後に訪れる晴れ晴れとした、静謐な雰囲気が印象的な作品である。

貧しい家庭に育った娘にとって、貧困から抜け出すための唯一の方法は結婚だった。ところが夢を追いかけて現実を知らない若い娘は、先に何が待っているか見通すことができない。たとえ現実に気づき始めても、状況を打開する力がない。心身の不調という存在の危機的状況を経験してようやく現実を直視する力、自分の意志を獲得し、幸福を手に入れる、というストーリーは、前章で見たガブリエル・ロワの小説『束の間の幸福』とも類似している。ケベックの女性作家たちは、「静かな革命」が始まる前から、文学を通して「人間存在の解放」というテーマに取り組んでいたと言える。

一方、フランスも、大革命によって王権を倒し、政教分離を果たした国であるとはいえ、社会的に見ると二十世紀に至るまでカトリックの色彩の強い伝統的な国だった。女性解放運動が具体的に実を結んだのはけっして早くなく、六八年の五月革命以降だった[19]。とはいえ、フェミニズムのバイブルといってもよいシモーヌ・ド・ボーヴォワール (Simone de BEAUVOIR, 1908-1986) の『第二の性』(Le Deuxième Sexe) が刊行されたのは四九年だから、エベールはそれから間もなくのパリに滞在していたことになる。いわば、外の状況を知り、外から自国を見つめられたことが、女性解放、ひいてはケベック社会全体の解放のメッセージを、文学を通して発することを可能にした、という面は否定できないだろう。

『カムラスカ』

最後に、本書の第一章でも少し触れた『カムラスカ』を取り上げたい。本作品は邦訳が存在するエベールの数少ない作品の一つだが[20]、エベールの母方の祖父が領主をしていた土地で一八三九年に実際に起きた殺人事件に取材したものである。舞台そのものは一世紀以上前のケベックの一地方だが、出版当時フランスで流行していたヌーヴォー・ロマンの色彩が濃く、過去・現在・未来を自由に行き来する映画的手法が特徴となっている作品である。主人公エリザベットの頭の中を去来するさまざまなシーンが時系列的統一性なしに断片的につづられた小説は、読者にとってはけっして読みやすいとはいえないのだが、出版後数カ月で一〇万部が売れるベストセラーになった。カムラスカという、一度聞いたら忘れられない地名は、先住民アルゴンキンの言葉で「イグサが生い茂る水辺」を意味する。ケベック市からサンローラン河を一七〇キロほど下ったところにあり、十九世紀にはカナダの主要な保養地にもなった場所で、映画にも出てくるウナギの養殖が今も行われている。[22]

主人公のエリザベットは、十六歳で恋を知らぬままにカムラスカ領主アントワーヌ・タシのもとに嫁いでくる。広大な領地をもつ夫との結婚は良縁と思われたが、まもなくこの夫が自殺願望をもち、妻を道連れに心中を図ろうとしていることを知る。ほかにもさまざまな奇行や暴力にさらされ、病に臥せりがちになった彼女に紹介されたのが、夫の元同級生であるアメリカ人医師ネルソンだった。二人は互いに惹かれ合うようになり、一緒にアントワーヌ殺害計画を企てる。彼に手を下した[23]ネルソンは国境に逃げ、エリザベットだけが出廷させられるが、体面を気にする姑の計らいで告訴は取り下げられ、現在は名誉を救ってくれた公証人のロランと再婚して、高齢の彼の介護をしながら貞淑な妻を演じている。死期迫る夫の看病をしながら仮眠中に彼女の脳裏を去来するさまざまなシーンが小説を構成している。

小説の最後、エリザベットは夫が「終油の秘蹟」を受けたと聞いて、涙を拭う。

ロラン夫人は目を伏せる。頬の一滴の涙を拭き取る。

突然悪夢が再び吹き込み、エリザベット・ドーニエールを嵐のように揺さぶる。それでも外見には何も現れない。模範的な妻は、シーツの上の、夫の手を握っている。だが……。不毛の畑の、石の下から、遠い、野生の時代の黒い、生きた、一人の女が掘り出された。その女は不思議に生きたままだった。（中略）あんな昔に、生き埋めになったのだから、この女の生きようとする飢えは、何世紀もの間、土の中で蓄積されて、さぞかし狂暴で、絶対的なものに違いないと、人はそれぞれ考えているのだ！(24)

生にたいする秘められた欲求が噴出するすさまじい場面である。思い出を心の中に葬ったまま、再婚して貞淑な妻を演じている彼女の心の内には、じつは今も、遂げられることのなかった恋のために嵐が吹きすさんでいる。頬を伝う涙は、間もなく息を引き取ろうとしているお人好しの夫のためではなく、今しがたまで見ていた夢、すなわちネルソンにたいする道ならぬ恋の思い出にたいして流されているのである。彼女の外見と内面のあいだの落差は計り知れず、埋葬されたはずの過去がしぶとく生きつづけて、地下から頭をもたげようとしている。

いささかフロベール（Gustave FLAUBERT, 1821-1880）の『ボヴァリー夫人』（*Madame Bovary*, 1857）にも似た、新聞の三面記事に取材したスキャンダラスな物語と見えるものを通してわれわれが知ることができるのは、カトリックの教えにより離婚を認められていなかった長い時代、結婚制度の中で囚われの身となった女性は、身の危険を感じても実家に避難することしかできず、泥酔した夫が三〇〇キロ離れたその実家まで追いかけてくるような状況を打開するには「殺人」しかなかった、という重い事実である。

ロリ・サン＝マルタン（Lori SAINT-MARTIN）も指摘しているように[25]、エベールの作品ではしばしば「殺人」が行われる。『激流』における母の死についてはあいまいな点が残るとしても、『王たちの墓』や『カムラスカ』においては、男女とも、殺人による以外に自分を抑圧しているものからの解放はあり得ないような絶望的な状況下で、それは行われる。一方、先に見た『木の部屋』では、カトリーヌはミシェルを殺害することなしに「解放」され、自分の意志で人生を切り拓いていくことを学ぶ。このあたりに、エベールが外からケベック社会を眺められるようになったことの成果があり、また、ケベック社会そのものの変化の兆しもうかがえるのだろう。

エベールは六〇年代から九〇年代という、まさにケベック社会が目まぐるしく変化していった時期の大半をフランスで過ごした。そんな彼女について、「ほんとうにケベック社会を見ていたのか、肌で感じていたのか」という人もいるかもしれない。しかしこの時代にパリという、世界の文化が交差する都市で、さまざまな影響を受けながら、故郷に思いを馳せていたからこそ見えたものも多いはずだ。エベールの作品は、派手な政治的パーフォーマンスとは異なる次元で、人々に社会や性差《ジェンダー》の在り方を考えさせてくれる。

おわりに

以上、二十世紀ケベック文学を代表する女性作家アンヌ・エベールの生誕一〇〇周年にちなんで、彼女の足跡を辿ってみた。ケベック社会では、英系による支配の中で仏系が「生き延びる」ための戦略として、カトリックの伝統的価値観の強い時代が長らく続いた。それは社会全体に影響力を及ぼしていたが、とりわけ女性にたいしては抑圧的に働いていた。しかし現在は一転して、生粋のケベコワも、後からやってきた移民たちも、男女ともに多様な価値観の中で各人が自己実現しようとする間文化的《アンテルキュルチュレル》な社会が成熟してきている点を強調しておきたい。アジア系も含めて、さまざまな出自をもつ作家たちの活躍もめざましい。

とはいえ、そのような現在の社会は自然に生まれたわけではなく、そうでなかった長い時代を人々が「思い出す」ことから意識的に勝ち取られてきたものである。女性の解放ということだけで見れば、ケベックはフランス以上に隣国アメリカ合衆国の影響も強く受けており、マリー＝クレール・ブレ（Marie-Claire BLAIS, 1939-）やニコル・ブロッサール（Nicole BROSSARD, 1943-）のように文学作品の中でフェミニズム的言説を展開する作家も多いし、また、フェミニズム理論で批評する論者たちも数知れない。しかし、エベールはそのようなタイプの作家より少し前の世代に属する作家であり、生まれた時代からも、家柄からも、一九六〇年代の「静かな革命」以前の伝統的な（貴族）社会を体現しながら、しかしそれに抗った作家といえよう。いわば、古い価値観と、予感される新しい価値観の間で揺れ動く女性の内面を、フィクションを通して、想像力を駆使しながら掘り下げていった作家なのである。

註

（1）Anne ANCRENAT, Isabelle BOISCLAIR, Marilyn RANDALL, Lori SAINT-MARTIN などが数多く手掛けている。

（2）六月にはシェルブルック大学アンヌ・エベール研究センター主催、モンレアルの州立図書館・古文書館共催の国際コロックが三日間にわたって開催された。

（3）以下の記述は主として Nathalie WATTEYNE, (sous la supervision de), *Anne Hébert, chronologie et bibliographie*, Montréal, Les Presses de l'Université de Montréal, 2008 を参照している。

（4）カナダ大西洋沿岸に住んでいたフランス系カナダ人だが、ケベック人とは異なる歴史・文化的アイデンティティをもつ。十八世紀中葉、英国が彼らに忠誠を誓うよう強要したが拒否したために、住居が焼き払われ、土地を没収されて強制移送させられた。ロングフェローの『エヴァンジェリン』はそのために引き離された恋人たちの悲しい運命をうたった長詩。

（5）Prix David. 別名「ケベック州賞（Prix de la Province de Québec）」。

（6）Société royale du Canada、一八八二年設立、カナダの科学・芸術アカデミー。

（7）フランスの五大文学賞を受賞した四人目のフランス系カナダ人で二人目のケベック人である。

（8）ケベックの主権＝連合構想を問うもの。（第一章の註11参照）

（9）Alain ROY, « La littérature québécoise est-elle exportable ? » *L'Inconvénient : littérature, art et société*, printemps, 2014, n°. 56.

（10）Anne HÉBERT, *Œuvres complètes d'Anne Hébert*, I. Poésie, Montréal, Les Presses de l'Université de Montréal, 2013, pp. 273-275.

（11）ナタリー・ワテーヌ「ケベック詩の誕生」（小倉和子訳）『ことば・文化・コミュニケーション』五号、二〇一三年、一〇七頁。

（12）N. WATTEYNE, (sous la supervision de) *Anne Hèbert, chronologie et bibliographie*, *op. cit.*, p. 21 ; A. HÉBERT, *Œuvres complètes d'Anne Hébert*, V. Théâtre, nouvelles et proses diverses, Montréal, Les Presses de l'Université de Montréal, 2015, p. 645 参照。

（13）二〇一二年には Simon LAVOIE 監督によって映画化もされ、今世紀にはいってもなお、解釈しなおされ、鑑賞しつづけられている。

（14）A. HÉBERT, *Œuvres complètes d'Anne Hébert*, V, p. 660.

（15）*Ibid.*, p. 675.

（16）小畑精和『ケベック文学研究』御茶の水書房、二〇〇三年、一七九頁。

（17）「彼はカトリーヌが、雨に降られたこの世の白くておとなしい雌猫のように静かにしていることを願った。」(A. HÉBERT, *Œuvres complètes d'Anne Hébert*, II, p. 110.)

（18）*Ibid.*, p. 108.

（19）女性参政権が認められたのは一九四四年、ニューウィルト法により避妊が合法化されたのは一九六七年だが、協議離婚が可能になったのは一九七五年、人工妊娠中絶が最終的に合法化されたのは一九七九年だった。

（20）アンヌ・エベール『顔の上の霧の味』（朝吹由紀子訳）講談社、一九七六年。

（21）Achille Taché.

（22）一九七三年にClaude JUTRAによって映画化されている。

（23）米独立革命後にカナダに逃れてきたロイヤリストの子孫という設定。

（24）前掲エベール『顔の上の霧の味』二六三―二六四頁（一部改変）。

（25）Lori SAINT-MARTIN, « Femmes et hommes, victimes ou bourreaux ? violence, sexe et genre dans l'œuvre d'Anne Hébert », *Les Cahiers Anne Hébert*, nº 8, 2008, p. 111.

第四章　ポエジーとサスペンスのあいだで
——アンヌ・エベール『シロカツオドリ』の海景

Anne Hébert,
Les fous de Bassan,
Seuil, 1982.

はじめに

ケベックを代表する作家の一人であるアンヌ・エベール（Anne HÉBERT, 1916-2000）が一九八二年に発表した『シロカツオドリ』（*Les fous de Bassan*）は、サンローラン河の河口付近に佇む小さな村を舞台に繰り広げられるサスペンス仕立ての小説である。二〇〇年前にアメリカの独立革命を逃れて移住してきたロイヤリスト（英国王忠誠派[1]）たちの子孫が暮らすこの村で、一九三六年八月三十一日の夜、年頃の二人の娘が浜辺から突然姿を消す。娘たちにいったい何があったのか。事故か、それとも事件か。事件だとしたら犯人は誰か。ほとんど同族ばかりが暮らす小さな村は騒然となる。フェミナ賞を受賞したこの作品については、すでにジェンダー批評[2]、ポストモダン批評[3]、語りの分析[4]、身体論的アプローチ[5]等で興味深い研究が多数存在しているが、風景描写に注目した研究はけっして多くない。しかし北米の雄大な風景に慣れ親しんでいるわけではない筆者の目には、この作品に描かれた海鳥が舞う北国の海景は、峻厳なだけにいっそう魅力的でもある。そこで本稿では、エベールの小説空間において、海辺の風景がどのように価値づけられているかを探ってみたい。

作品の概略

風景描写を考察する前に、この作品の概略を確認しておきたい。小説は一九八二年(小説の発表年)現在、住民の数がめっきり減ったグリッフィン・クリーク(直訳すれば「ハゲワシの入り江」)で、妻に先立たれ、子孫を残すことのできなかった年配の牧師ニコラス・ジョーンズが、先祖代々の肖像を描いて画廊に残そうとする企てで始まる。彼には身の回りの世話をしてくれる双子の姪、パムとパットがいる。男性の先祖の肖像画はニコラスみずから担当するとして、女性の肖像画についてはパムとパットに任せることになる。しかし、この村の女たちの過去をよみがえらせるとなれば、一九三六年の夏、突然行方不明になったノラとオリヴィアの記憶を避けて通ることはできない。双子は牧師が禁じたにもかかわらず、失踪した二人の肖像を描き、画廊の幅木を一九三六一九三六一九三六…という数字と étéétéété…(夏)の文字で花綱模様のように飾りはじめる…。

六部から構成されるこの小説は、作家の統括する視線によって構成されたものではなく、三六年夏の出来事の当事者またはそれに関わりの深かった人物が書いた合計六編の「書物」または「手紙」の集合体という体裁をとっている。いささか黒澤明の「羅生門効果」とも呼べそうな各部には細部が不明瞭だったり、故意の言い落としや時系列的な混乱があったりする上に、齟齬や重複も多い。単純なはずの家系図も、切れ切れの情報が気紛れに与えられるだけであるため、初めはきわめて複雑に見える。しかしほどなく読者は、この村の住人がすべて血縁関係にあることを知るようになる。それぞれの部分は以下の人物によって書かれている。

第一部　ニコラス・ジョーンズ（牧師、村の中心的人物）
第二部　スティーヴンズ・ブラウン（ニコラスの甥。父親に勘当され、五年間北米大陸を放浪。二十歳になった一九三六年夏、久しぶりに一時帰郷し、男手のない従姉モーリンの家で力仕事を請け負う）
第三部　ノラ・アトキンズ（ニコラスの姪。十五歳になったばかりの夏、行方不明）
第四部　ペルスヴァル・ブラウン（スティーヴンズの弟、知的障害者）とその他の人々
第五部　オリヴィア・アトキンズ（ノラの従姉、十七歳。ノラと共に行方不明）
第六部　スティーヴンズ・ブラウン

このうち、スティーヴンズによって書かれた第二部と第六部は、フロリダで生活を共にしていたマイケル・ホッチキス宛の「手紙」、その他（ただし第五章を除く）は「書物」と銘打たれている。また、第二、三、四部は一九三六年夏に、最初と最後の部分は出来事から四六年後の一九八二年秋に書かれており、第五章だけは日付がない。

一九三六年八月三十一日の夜、いったい何が起きたのか。事故か、殺人か。ノラの死体は二カ月後の嵐の翌朝、手足を魚に食べられて胴体だけになって海岸に打ち上げられるが、オリヴィアの死体はあがらない。代わりに、肉体も魂も失った彼女の「欲望」のみが声としてよみがえり、第五章で語るのである。

その晩は満月で、海は穏やかだった、と村人たちは証言する。少なくとも事故が起こりそうな悪天候ではなかった。では、殺人だとしたら犯人は誰なのか。上記五人の人物によってこの夏の様子が回想される。以下、グリッフィン・クリークの海景に注目しながら、この作品を読解してみたい。

グリッフィン・クリーク

ガスペ半島突端付近に設定されたこの架空の土地(6)は、きわめて色彩の乏しい世界である。小説は次のような風景描写で始まる。

灰色の空を背景にして、見渡すかぎりの白く静止した砂州、わたしたちの背後には、平行に植えられた木々がかたちづくる黒い塊《マッス》(7)。

灰色の秋空を背景に、見渡すかぎりつづく白い砂州。それとは対照的に陸地に広がる黒々とした林。絵画的ではあるが、けっして陽気な土地には見えない。ここから遠くないボナヴァンチュール島は、世界的にも重要なシロカツオドリ(8)の保護区として知られているが、そこから飛来してくる巨大な海鳥の群れも、黄色の頭部がこの単色の風景にわずかに色を添えるだけである。

ニコラス・ジョーンズの母親フェリシティは、夜明けに海に出かけていくのを好んでいた。海から昇ってくる朝日を浴びながら彼女が手足を星形に広げて浮き身するさまは、それを葦の茂みからこっそり盗み見る子どものニコラスにとって、海に君臨する「巨大クラゲ（三五九頁）」のように思えたものである。

スティーヴンズが父親に勘当され、北米大陸を放浪して五年ぶりに一時帰郷したのはこのような土地だった。住人たちに帰還を告げる前に、彼は丘の上から村を見下ろす。岩の上に寝転がり、長靴を履いた足を持ちあげて、村全体を視界から隠してみる。足の位置をずらすと、村は現れたり、消えたりする。

　ぼくは丘の上から村を眺める。小川のそばの平らな岩に長々と寝そべって、腕枕をしながら片方の足をあげる。まばたきをしてから、埃だらけの長靴をはいた足を村の上に置いて、すっぽり隠してみる。ぼくの足は巨大で、その下の村はちっぽけだ。村は小さすぎて、こんな大きな長靴をはいた大人の背丈の自分は、もう絶対にはいれないだろう。あの中では窒息してしまうにちがいない。ぼくは村の上に足を置いて隠す。それからまた、小さくで壊れやすいその村を見出す。好きなだけ村を所有したり、消したりして遊ぶのだ（三八一頁）。

大人になった自分の足は巨大で、村はちっぽけだ。高みから村を見下ろしながら、それを出現させたり、消失させたりするのはわが意のままであると強がるスティーヴンズ。まるで七里の長靴を手に入れて怖いもの知らずの親指小僧のようである。(9) しかしそれは、大きくなりすぎた自分が村人たちから受け入れられないのではないかという不安の裏返しでもあるだろう。そもそも彼は、トレードマークのように帽子をかぶり、長靴を履いて、頭の天辺から足の先まで武装しなければ村に帰ってくることができなかったのである。(10)

郷愁の念から帰郷したにもかかわらず、外の世界を知った目には、故郷の風景は予想以上に険しく、色彩に乏しいものだった。マイケルと過ごしたフロリダ海岸の、光に包まれた鮮やかな風景がしきりに思い出される。第二部のマイケル宛の手紙の中で、スティーヴンズは二つの海岸を対比するが、それは二つの場所のあいだで揺れ動く彼の内面をも映しだしている。

まず、グリッフィン・クリークに到着したとき、ぼくは大地も水も光が失せてしまったのではないかと思った。鈍い色彩は、陽をいっぱいに浴びてもほとんど輝くことがなかった。海は色あせて、天気がよければかろうじて緑色に見え、おのれの膨大な血液の満ち干に揺すられながら、仰向けに寝そべり、狂ったように生きている動物みたいに呼吸していた。分かるかな、ぼくは湾見晴らし大通り《ガルフ・ヴュー》の風景がもつ色彩と輝きをあまりに記憶に留めすぎてしまっていたんだ。その鮮やかに彩られた平坦さ、あたり一面にぶちまけられた太陽と同じ輝きをした、強烈な色彩の水の物質そのものにね。そのせいで、秘かで控え目で、どんな異物も混じらない眼差しにたいしてしか振動しはじめない生が味わえなかったんだ。生まれ故郷の荒涼とした美を理解するには、まだまばゆい映像に占領されていない、子どもの新鮮な眼差しで戻ってこなくてはならなかったんだ（三七九頁）。

オレンジの香りでむせかえるフロリダでは、貝殻さえも薄くて光沢を帯びている。一方ここでは、貝が寒さから身を守るため、灰色の厚い殻を必要とする。

たまに見かける貝は分厚くて灰色をしている。中に住んでいる生き物は、寒さから身を守るために気密性の高い丈夫な家が必要だからね。（真珠色をした薄い貝類、光り輝く海岸、透明な水を、君は覚えているかい、ブラザー？）（三八六頁）

フロリダを楽園ととらえ、ここの厳しい現実とことさらに対比しようとするのは、ある意味で、ケベック文学におけるトポロジー的常道ともいえる。古くは『マリア・シャプドレーヌ（白き処女地[11]』の時代にも、カナダの厳しい自然の中で伝統的な生活と母語を守りつづけるか、それともフランス語を捨ててアメリカの大都会で賃金労働者（あるいはその妻）になるか、マリアをはじめとする若者たちは迷うのだった。スティーヴンズの場合、久しぶりに戻った故郷で皆から歓迎されているわけではないという意識が、此処ではなく彼方への思いをいっそう募らせているように思われる。

渡り鳥

ところで、グリッフィン・クリークの風景を構成する一要素として、小説のタイトルにもなっているシロカツオドリの存在を無視することはできないだろう。学名 Morus bassanus、英語で Northern gannet と呼ばれるこの渡り鳥は、フランス語では Fou de Bassan である。三〇メートル上空から魚の群を目がけて海に飛び込み、魚を飲み込んで六～七メートルの深さから出てくるその仕草が常軌を逸していることから、fou（気違い）と名づけられたといわれている。シロカツオドリのこのような習性は、当然のことながら作品の中にも描写されている。

雪のように白い群となって、シロカツオドリが崖の頂上から巣を離れ、嘴と尾を尖らせてまるでナイフのように海に垂直に飛び込み、泡の束をほとばしらせる（三六二頁）。

朝日が昇ってくると、シロカツオドリが一斉に巣から飛び立ち、鋭いナイフを思わせる姿で真っ逆様に海に下降して獲物を捕らえる。ニコラスの母親フェリシティは今や孫のノラとオリヴィアを連れての朝の海水浴が日課になっているが、冷たい水を浴びて発するノラやオリヴィアの叫び声に、風の音やシロカツオドリのけたたましい鳴き声が入り交じる。

しかし、どうやら獲物を窺っているのは海鳥だけではなさそうだ。村人たちの手本であるはずの牧師が朝の散歩にかこつけて、水平線を眺めるふりをしながら見ているのは、じつは姪たち（とりわけノラ）の水着姿だし、[12] 思春期のペルスヴァルも、葦の茂みから二人を覗き見ては、その濡れた身体に触れたいという押さえがたい衝動に悶々としている。そこに今朝は「見知らぬ者」の視線が加わる。

彼（＝スティーヴンズ）の鋭い視線が海と岸辺を念入りに観察している。それはちょうど、波間にピクピクしているあらゆる生命、饗宴にありつけそうなあらゆるものを窺って水面と水の深みに向けられたシロカツオドリの黒い目のようだ（三六四頁）。

久々に帰還したスティーヴンズはまだ名前を明かされず、「見知らぬ者」と呼ばれているにすぎない。しかし、彼が丘の上から水浴びする二人の娘をとらえる視線は、シオカツオドリが魚を狙う視線と酷似している。そもそも、一夏を過ごすために米国から戻ってきた彼は、渡り鳥と同じ一時滞在者である。

風・嵐

海辺のこの地方ではつねに潮風が吹いている。ニコラス・ジョーンズ牧師とスティーヴンズは、ノラとオリヴィアの失踪にも風が影響していたと指摘する。

この一連の出来事においては、風を考慮する必要があるだろう[13]。風、わたしたちの耳に届く疼くようなその声、唇に吹きかけられる塩辛い吐息の存在を。この土地にあっては、男も女も、風を伴わない身振りは一つもない。髪、ドレス、シャツ、ズボンが裸体の上で風にぱたぱたと鳴る。海の息吹がわたしたちの衣服に入り込み、霧氷のような塩で覆われたわたしたちの胸をあらわにする。わたしたちの多孔質の魂は貫通される。ここでは風はいつだって強すぎるのだ。頭をふらつかせ、気をおかしくさせる風という原因なくして、この出来事は起こりえなかった（三五二頁）。

海からやってくる風は「疼くような声」となってわれわれの耳に届き、唇に「塩辛い吐息」を吹きかける。髪も衣服もめくりあげ、裸体をあらわにする。風という自然現象は擬人化され、官能を荒々しく刺激するものになる。

スティーヴンズが村でいちばん気になる娘オリヴィア（彼は彼女の成長ぶりを一目見るために戻ってきたといってても過言ではない）に会いに行ったときも、風が吹き荒れていた。

今や風は休みなく吹いている。畑には風で縞模様がつけられ、干し草とカラスムギが絶え間なくたなびいている。ぼくは風の中を歩く。その風が足音を和らげる。さあ、台所の外階段まで、ドアの網戸の前まで来た。オリヴィアは二脚の椅子のあいだに渡した板の上で、ワイシャツにアイロンをかけている。彼女の動作は無駄がなくて正確だ。ワンピースは短くて、洗いざらしの青色をしている。彼女はまだぼくに気づいていないけれど、まるで彼女のもっとも秘かな生の深部を、奇妙で緩慢な風が真正面から吹き抜けるかのようだ。四方からの風に開かれている。この娘は四方からの風に開かれているのだ。ぼくが現れるだけで十分だ（三九一頁）。

十七歳のオリヴィアは、母の死以来、家事一般を引き受けて父親や兄たちの面倒を見ている。年頃の娘をもつ家は監視の目が厳しいが、スティーヴンズはそれをかいくぐって勝手口から訪問する。彼女はまだ彼に気づいていない。というより、気づかぬふりをしている。彼女も、すっかり大人びて帰還したスティーヴンズに関心がないわけではないのである（四九〇頁）。今や風は象徴性を帯び、彼女の存在を四方八方から揺さぶるものになっている。「奇妙で緩慢な風」が「彼女のもっとも秘かな生の深部を真正面から吹き抜ける」かのようである。「四方からの風に開かれた」彼女の存在。来るべき悲劇の予兆といってもよい一節である。

そして、風は嵐を呼び起こすこともある。一九三六年八月三十一日は、その前日まで三日三晩、嵐が吹き荒れていた。スティーヴンズは破壊的エネルギーが生み出す陶酔感を味わおうと、危険もかえりみずに浜辺に出かけていく。彼はそのときの様子を、手紙で以下のようにマイケルに語っている。

だけど君に嵐のことを話さなくちゃならないね。三日間つづいたものすごく大きいやつさ。ああ、なんて良かったんだろう。川という川が氾濫して、橋や家が押し流され、木々は折れ、砂浜は荒らされ、桟橋が根こそぎにされた。新聞が報道するのはそのことばかりだ。長いあいだ大しけの海を見つめていたら、次第に陶酔感のようなものに取り憑かれていって、自分が熱に運び去られる一本のわらくずになっていったのを漠然と覚えている。と同時に、風雨の猛威に伴奏するようにして、一種の歌のようなものがぼくの血管の中に生まれてきたんだ。ほとんどずっと浜辺で過ごしていたよ。風みたいに気がふれて、自由だった。口や鼻で、風のように快活で力強い大きな息を吹きかけた。ぼくがいっている陶酔は酒とは関係なかったんだ。少なくとも最初はね（四〇九頁）。

ロマン主義の絵画でも見ているような荒々しい光景である。村の住人全員が一七八二年にアメリカの独立革命を逃れて移住してきたヘンリー・ジョーンズとマリア・ブラウンの子孫であり、「息をしても聞かれ、小指一本動かしても隣人に知られてしまう（三五五頁）」ような閉鎖的な空間において、まるでそこに蓄積された負のエネルギーを解き放つかのように荒れ狂う嵐。若者は浜辺で雨風を体中に浴びながら叫んでいるうちに、歓喜と狂気、解放感と陶酔感の入り交じった不思議な感覚を味わう。彼は雨や波しぶきの中に「わが生の、もっとも秘かなわが暴力の表現を見出す（四一〇頁）」。このとき、スティーヴンズと外界のあいだにはもはや境界線は存在せず、彼はほとんど嵐と一体化している。

さらに、外界が穏やかであっても、スティーヴンズの体内から嵐が湧き起こる瞬間もある。三六年八月三十一日の晩、故郷滞在の最終日を迎えて、浜辺で満月を眺めながらノラとオリヴィアと三人で過ごしていたときのことだった。「土地の人たちは皆、その晩は風がなく、海がこんなに穏やかだったことはないと断言する点で一致している」にもかかわらず、三人のまわりでは「静かな空気の中で何かが破れ」、「三人とも世界の激高の中に駆り立てられて」いく（五一〇-五一一頁）。

十五歳になったばかりのノラは、大人の世界に一歩足を踏み入れたとはいっても、まだ無邪気で向こう見ずなところが残る少女だ。彼女は少し危険そうで恰好いいスティーヴンズに惹かれていて、さかんに気を引こうとする。しかし彼のほうは、自分の内面をひた隠しにして好意のそぶりすら見せようとしないオリヴィアに関心があり、子どもっぽいノラを相手にしない。ノラは従姉にたいする嫉妬心の矛先をスティーヴンズに向け、「あんたなんか人間じゃないわ、大嫌い」という侮辱の言葉を吐きながら高笑いする。人格を否定されたスティーヴンズの「頭の中には嵐の兆候」が迫ってくる。彼自身の内部から生じた風が、娘たちのスカートをまくり上げる。興奮するノラを鎮めようとして差し伸べたはずの手は、次の瞬間、彼女の喉を絞めていた…。彼はその経緯を、出来事から四六年も経った一九八二年になってから、マイケル宛の手紙の中で次のように語っている。すでに六十六歳を迎え、孤独な生活に終止符を打とうとする者の最後の告解のようでもある。

海上で突然、風が吹きはじめた。乾岬《セック》と水鳥岬《ソヴァジーヌ》のあいだの水平線の端で。ぼくは頭の内側で、嵐の予兆がこめかみを打つのを感じた。辺りは月明かりに浸されていて、まだ何も見えなかったけれど。ノラは、ぼくなんか人間じゃないし、大嫌いだと繰り返している。彼女は泣きながら笑っている。鉤針編みの白いベレー帽が、相変わらず片方の目の上にかぶさっている。

風が彼女たちのスカートをまくり上げ、膝をあらわにする。その点については、ぼくに反論して、空気は動いていないし、穏やかだと言い張っても無駄だよ。オリヴィアが従妹をなだめようとする。風がぼくの顔に平手打ちを食わせる。海藻の匂いがぼくの皮膚にはりつく。ノラのわめき散らす口はぼくの口のすぐそばにある。ぼくなんか人間じゃない、と繰り返している。ぼくのことを用心するようにとオリヴィアにいう。頭をのけぞらせる。鳴り止むとのないしゃがれた笑い声。粗野な欲望。愛撫してなだめようと、ぼくの両手は彼女の首に。ぼくの指の下で彼女のヒステリックな笑い声。この娘は気が狂っている。笑いの硬い玉が彼女の喉の中、ぼくの指の下に。指でちょっと押しただけだ（五一一頁）。

そして彼は、皆を呼びに行こうとしたオリヴィアのことも、くるぶしを捕まえて倒し、暴行を加えた挙げ句に殺害するのである。このときスティーヴンズの頭の中は、海鳥の鋭い鳴き声に満たされていた。彼の生涯でこの晩ほど強い風が吹いていたときはなく、「海の魂がそっくりそのまま唸り声をあげて、岸辺で火花を散らしていた（五一三頁）」と回想している。

シロカツオドリの甲高い鳴き声や餌を狙う眼差し、獲物を目がけてまっしぐらに海に飛び込む仕草が、スティーヴンズの身振りと重ね合わされていたとしたら、風や嵐もまた同様である。海からグリッフィン・クリークに吹き込み、通り過ぎていく激しい風は、よそからこの村に舞い戻り、ふたたび出ていく気性の荒い放蕩息子の内面とみごとに呼応している。

浜辺と沖のトポス

ノラとオリヴィアは殺害され、重しをつけて海に流される。だが、それから二カ月後のあらたな嵐の後、ノラの死体は見る影もない物体となって海岸に打ちつけられているところを発見される。一方、オリヴィアの死体はあがらない。同じ嵐が彼女を沖に運び去ったのである。ところが、第五部「沖のオリヴィア―日付なし」では、「肉体も魂もなく、欲望だけになった（四七九頁）」彼女が、しばしば満ち潮に乗ってグリッフィン・クリークに戻ってくる。彼女は誰かに殺されたことは自覚しているが、その犯人を知らないし、犯人にたいして恨みを表明するわけでもない。恨みがないのに、なぜ生前の場所をうろつくのだろうか。オリヴィアの言葉に耳を傾けてみよう。

いとしい人、いつかわたしたちは砂浜で一緒に殴り合いをするのよ。人を魔法にかけ、狂わせる月の光のもとでね。情け容赦なく（四八一頁）。

ここで「いとしい人」と呼びかけている相手は、前後の文脈からしてスティーヴンズだと考えられる。しかし、直後に「まあ、わたしったら『いとしい人』なんていってしまったわ。歌でも歌うみたいに、よく考えもせずに（四八一頁）」とつけ加え、たった今口走ったことを否定している。とはいえ、彼女をいまだに浜辺に結びつけているのが、遂げられることなく突然絶たれたスティーヴンズへの思いであることは間違いない。このシーンは単純未来形（nous nous battrons［わたしたちは殴り合うだろう］）で語られており、いわば死後のオリヴィアが生前のオリヴィアになりかわって独り言をいっている部分であるが、彼女が恋人どうしの抱擁を想像する場面は、皮肉にも殺害の場面を予期させるものになっている。

では、オリヴィアの本来の住処となった沖はどのように表象されているのだろうか。

ここではもう何もすることはないわ。（中略）沖に戻りましょう。泡のように、塩辛い海泡石のように軽く、想念よりも速く、夢想よりも敏捷に、わたしは幼年時代を過ごした浜辺と昔の生のおぼろげな記憶から離れるの。どこかの海鳥のように、波間でゆったりと揺れながら、見渡すかぎりの水の広がりが、赤子におされる女の人のおなかみたいに膨れたり伸びたりするのを見るんだわ。その下では、深くて厚い大きな塊が丸ごと発酵し、活動しているのだけど、水面には波ができて、ちょっと襞がよったかと思うと、水の壁が高まり、迫りあがって、とても高い頂点に達し、それから後ろ脚を跳ね上げ、うなり声を上げて砕け、浜辺に放り出されて、グリッフィン・クリークの灰色の砂の上に、雪のような泡の縁飾りになって崩れ落ちるの（四八二―四八三頁）。

浜辺が幼年時代（そして不幸な死）の記憶と深く結びついているのにたいして、沖は成熟した女性が住まう豊かな国として表象されている。見渡すかぎりの海原は、まるで胎児を宿した母親のお腹のようにふくらんでいる。深い海の内部では生命が発酵し、一方、海面に形成される波は壁をつくってそそり立ち、絶頂を迎えては崩れて白い泡になり、グリッフィン・クリークの海岸にうち寄せる。官能的な想像力である。この第五部は、死者となったオリヴィアに時間的枠組の外で語らせているということもあり、小説家、劇作家であると同時に詩人でもあるアンヌ・エベールの資質が存分に発揮されている部分である。ノラの身体は幼年時代の記憶をとどめる浜辺に連れ戻されるのにたいして、オリヴィアは沖で大人の仲間入りをし、母や祖母たちと合流する（四九四頁）（とはいっても、彼女の「欲望」はあいかわらず、毎日のように浜辺をうろつくのだが）。死そのものはいまわしいものであったが、肉体から解放された彼女はじつに軽やかだ。「風と結婚し」、「目に見えぬカモメのように空を舞い」、海面で「ごく小さな一粒の光」になろうとしている。

この砂浜を後にしましょう。穴を掘るカニのような速さで、思い出を砂の中に消してしまいましょう。沖よ、いらっしゃい、灰色の浅瀬と灰色の空のあいだの灰色の線よ。逃げるのよ。海の水のいちばん深いところまで引いていく潮に合流するのよ。大海に。その荒々しい息吹に。水平線の上を逃げるのよ。風と結婚して、風のなめらかな勾配の上を滑り、目に見えぬカモメのように空を舞うのよ。ごく小さな一粒の光のように、海の上できらめくんだわ。海の上のわたしの透明な心。砂州とたくさんの塩の上でわたしの身体を取り除かれた、純粋な水の精。おびただしい数の無分別な魚が、わたしの骨をかじったの（四八四頁）。

オリヴィアの居場所が沖にしかないということ、肉体も魂も失って、「水の精」になってしか解放されないというのは、悲しい現実である。それでも、好奇心、嫉妬心、怒り、ゆがんだ性欲、恐怖心などさまざまな感情がもつれあった三人の若者を襲った不幸の物語において、犠牲者みずからが海の彼方のかくも自由で豊饒な空間について語ってくれることは、読者にとって慰めにはちがいない。

おわりに

以上、『シロカツオドリ』を海辺の風景に注目しながら読解してきた。小さな村の静寂を破った出来事をめぐる六種類のエクリチュールが、海、渡り鳥、風が織りなす風景の中で展開される。時代も作家の個性も無視した一般論が意味をもたないことは承知の上であえていうならば、ケベック文学では、フランス文学よりも風景描写の重要性は大きいように思われる。厳しい自然環境、圧倒的なスケールをもった自然は、文学的伝統にも大きな影響をおよぼしている。エベールはそれを、まるで絵画のように描いていく。

『シロカツオドリ』では、村全体が血縁関係にあるような、ことさら小さな共同体がとりあげられている。海辺の小さな村で、行き場をなくした三人の若者の欲求は、海に向けて発散されたかのようである。前章でも述べたように、閉塞した状況を打破するために殺人が犯されるというテーマは、エベールの他の作品、たとえば『激流』(*Le Torrent*, 1950)や『カムラスカ』(*Kamouraska*, 1970)にも共通するものだが、犯罪者にたいする法的な裁きはかならずしも厳しくない[14]。スティーヴンズは起訴されるが、重罪裁判所では、自白が強要されたものだったと判断されて無罪放免となる(それが読者に知らされるのは、小説の最後、マイケルへの手紙の「追伸」でにすぎないが)。共同体の名誉を守るために結束した人々の力にはすさまじいものがある。

では、スティーヴンズはまったく裁かれることがなかったかというと、そうではない。第二次世界大戦に従軍した彼は、精神障害を患って帰国し、以後三七年間、病を抱えたままモンレアルの廃兵院のようなところで暮らす。そして最終部で、事件からは何と四六年の歳月を経て、ロイヤリストの先祖がはじめてグリッフィン・クリークにやって来たときから二〇〇年後に、「生き、死ぬためのあらゆる薬を入手して(五〇一頁)」、届くかどうかも分からない長い告白の手紙をフロリダの旧友に宛てて書くことに集中しようと、そこを抜け出すのである。彼は自分の精神障害はもっぱら戦争によるものだと主張するが、じつは、このときなお、四六年前の記憶に悩ませられつづけている。この日脳裏に深く刻みこまれた海鳥のけたたましい鳴き声は、あいかわらず夜ごとに彼の睡眠を襲い、彼を海辺で生きたまま腑を抜かれる小魚と化すのである(五一三頁)。たんなる悪夢にすぎない。しかし、生涯を台なしにするに十分な悪夢でもあった。

本稿の冒頭でも確認したように、この小説は第一部と第六部が一九八二年に書かれたことになっており、第六部のスティーヴンズによる手紙は、ニコラス・ジョーンズ牧師によって書かれた第一部と円環構造をなしている。読み終えた後で冒頭に戻ると、事件以来住人が離散し、高齢化した村のさびれた様子が、秋の弱々しい日差しに照らし出されていっそう強調される仕掛けである。とすると、スティーヴンズの告白の相手は、長いこと音信不通だったはずのマイケルなどではなく、ほんとうはニコラス・ジョーンズだったと考えることも（牧師という職業柄）あながち不可能ではあるまい。二人は神の僕《しもべ》と悪魔の僕ほどちがうように見えて、じつは、M・ランダルらも指摘するように、異性とまっとうな向き合い方ができなかった点など、共通点も多いのである。(15) 直接手を下したかどうかのちがいは大きいにせよ、双方とも女性を死に追いやったことにかわりはなく、その意味で、スティーヴンズの告白は、自分の姪と「猥褻な関係」をもったニコラスの告白（三六六頁）と呼応してもいる。(16)

本稿では主として風景に着目してきたが、『シロカツオドリ』はこのように、作品の構造、登場人物の心理、黙示録的イマージュなど、さまざまな観点からの読解が可能な、詩情豊かでサスペンスに満ちた小説である。ケベック作家としてだけでなく、フランスをはじめとして広くフランス語圏で高い評価を受けているエベールが、六十六歳にして満を持して発表した作品なのである。

註

（1）五万人近いロイヤリストたちが現カナダ領内に移住してきたといわれる（木村和男編『カナダ史』山川出版社、一二一頁参照）。

（2）Patricia LOUETTE, « Les voies / voix du désir dans *Les Fous de Bassan* d'Anne Hébert », in *Anne Hébert, parcours d'une œuvre*, Actes du colloque de la Sorbonne, L'Hexagone, 1997 他。

（3）Janet M. PATERSON, « L'envolée de l'écriture : *les Fous de Bassan* d'Anne Hébert », *Voix et Images*, vol. 9, n° 3, printemps 1984 他。

（4）Neil B. BISHOP, « Distance, point de vue, voix et idéologie dans *les Fous de Bassan* d'Anne Hébert », *Voix et Images*, vol. 9, n° 2, hiver 1984 他。

（5）Arlette BOULOUMIÉ « Espace du corps et corps du désir dans *Les Fous de Bassan* d'Anne Hébert », in *L'écriture du corps dans la littérature québécoise depuis 1980*, Presses universitaires de Limoges, coll. « Espaces Humains », 2007 他。

（6）著者は「はしがき」で、この架空の土地には、サンローラン河およびその湾と島々に関するあらゆる個人的記憶が溶け合っていると断っている。

（7）Anne HÉBERT, *Œuvres complètes d'Anne Hébert*, III. Romans (1975-1982), Montréal, Les Presses de l'Université de Montréal, 2014, p. 341. 以下、同書の引用および参照箇所は、直後に頁数のみ記す。

（8）白い翼、黄色の頭部、灰色の嘴、黒い脚をした、体長一メートルにおよぶこともある渡り鳥。

（9）Charles PERRAULT, *Le Petit Poucet*, *Les Contes de ma mère l'Oye*, Barbin, 1697.

（10）こうした小物が男性性の象徴と解せることは精神分析家たちの指摘をまたない。

（11）Louis HÉMON, *Maria Chapdelaine*, 1916.［邦訳：『白き処女地』（山内義雄訳）白水社、一九三五年］本書第一章参照。

（12）ニコラスの妻は不妊症で、夫のノラにたいする婚外の、しかも近親相姦的な欲望を知って自殺する。

（13）引用はニコラスの言葉だが、スティーヴンズも「風を考慮する必要がある（五一二頁）」とほとんど同じ表現をしている。

（14）『激流』では、息子のフランソワが専制的な母親から解放されるために、荒馬が解き放たれ、母親が殺されるが、馬がフランソワの意志を代行していたとはいえ、それを解き放ったのが彼自身だったかどうかは定かでない。また『カムラスカ』では、エリザベットの愛人であるネルソン医師が彼女の暴力的な夫を殺害するが、彼女自身は、共犯の罪に問われるものの、家名を重んじる姑の奔走により、二ヵ月の禁固刑を受けるに留まる。

（15）彼女は、二人とも母親の愛情を十分に受けずに育ったことをその原因とみている。Voir Marilyn RANDALL, « Les énigmes des *Fous de Bassan* : féminisme, narration et clôture », *Voix et Images*, n° 43, automne 1989, p. 68.

（16）とはいえ、一九八七年制作の Yves SIMONEAU 監督による映画において、海を見下ろす教会に附属した画廊で回想しているのが牧師ではなくスティーヴンズであるのは、大胆すぎる解釈で、原作に忠実とはいいがたい。

第五章　詩的象徴性と「移住（者）のエクリチュール」

——アキ・シマザキ『秘密の重圧』五部作

Aki Shimazaki,
Tsubaki, 1999, *Hamaguri*, 2000, *Tsubame*, 2001, *Wasurenagusa*, 2002, *Hotaru*, 2004
Leméac / Actes Sud.

はじめに

アキ・シマザキ（Aki SHIMAZAKI, 1954-）は、一九八一年にカナダに移住し、一九九一年からはモンレアルを拠点として活動している日系作家である。一九九九年から二〇〇四年にかけてフランス語で発表された五部作、『ツバキ』（*Tsubaki*, 1999）、『ハマグリ』（*Hamaguri*, 2000）、『ツバメ』（*Tsubame*, 2001）、『ワスレナグサ』（*Wasurenagusa*, 2002）、そして『ホタル』（*Hotaru*, 2004）は、いずれも日本語をそのままタイトルにして、きわめて平易なフランス語で書かれているものの、いわゆる「異国趣味《エグゾチスム》」では片付けることのできないシマザキ独自の小説空間を確立している作品である。

本章では、『秘密の重圧』（*Le Poids des secrets*）という共通の副題をもつこの五部作が生み出す小説空間の重要な要素となっている詩的象徴性を分析するとともに、彼女の作品を通して、移民が母語ではない言語で創作することや、異国で書くことの意味についても考えてみたい。

シマザキの五部作

まず初めに、これまでケベックを創作の場としてきたために、日本では必ずしも知名度が高いとはいえないシマザキの作品、とくに五部作の概要を紹介しておきたい。

物語の舞台になるのは主として東京、鎌倉、長崎である。ただし第一作目では、語り手ナミコは現在、海外のどこかの町（名前は明示されていない）に住んでいることになっている。ナミコは母ユキコを亡くしたばかりだが、結婚以来「この国」で暮らしてきた母は遺書である重大な告白をする。長崎に住んでいた少女時代、父親の不倫を知って毒殺したというのだ。父の不倫相手は、ユキコがほのかな恋心をいだいていたユキオという少年の母親。しかものちに、ユキコとユキオは異母兄妹であることを知らされる。事件は一九四五年八月九日の朝起きた。しかし、その数時間後には長崎に原爆が投下され、犯罪の痕跡がかき消されてしまう。ユキコと母親、ユキオと両親は五人とも偶然この惨禍を逃れ、生き延びることになるが、ユキコはこの秘密を死ぬまで誰にも明かさなかった。

物語はこの二家族の三世代をめぐって繰り広げられる。五巻それぞれで語り手は代わるが、語られるのはたった一つの物語だ。バルザック（Honoré de BALZAC, 1799-1850）の「人物再登場」の手法にも似て、時間や場所をずらしながら同じ登場人物や主題が繰り返し立ち現れ、長らく秘密にされてきたことが徐々に明るみに出されていくのである。

一見ホームドラマ風のシマザキの作品の特質はいったいどこにあるのか。彼女がケベックという地で、フランス語を表現手段にして書くことの意味は何なのだろうか。

俳句的世界

リュシー・ルカン（Lucie LEQUIN）も指摘するように、(1) シマザキは多くのエスニック作家とは異なり、みずからの移民としての間文化的体験を作品に盛り込むことがほとんどない。上海生まれで、一九八九年からモンレアルに留学し、そのまま作家活動にはいったイン・チェン（Ying CHEN, 1961-）(2) にしても、ユダヤ系でフランスからモンレアルに移住したレジーヌ・ロバン（Régine ROBIN, 1939-2021）(3) にしても、概して移民による文学作品には、自伝的小説の要素が含まれる場合が多いが、シマザキの作品にはそれがあてはまらない。彼女がこれまで発表してきた小説はすべて一人称で書かれているが、小説の中の「わたし」は必ずしも作家自身と重なるわけではない。シマザキはまた、現在住んでいるモンレアルという都市を積極的に描くわけでもない。(4) 作品の中に展開される風景はむしろ過去の日本の風景である。これは、読者がエスニック作家たちにたいして、「此所」よりも「他所」、すなわち自分たちがよく知らない世界について語ってくれることを望むという、いわば読者の「期待の地平」(5) を意識してのことなのだろうか。

たしかなことは、シマザキが日本の風景を描写するために、母語ではなく、モンレアルに移住してから学び始めたフランス語を用いているということである。翻訳はつねに可能だし、じっさい、第一作目の『ツバキ』はすでに日本語に訳されているとはいえ、(6) 彼女は直接日本の読者には語りかけず、フランス語読者のほうを向いている。しかも、そこで取り上げられる主題は、不倫、父親殺し、戦争など、いわゆる「異国情緒」からはほど遠く、郷愁《ノスタルジー》とも無縁の、人間性の闇の部分である。シマザキはそれをまるで俳句を思わせるような、この上なく簡素な文体で語っていく。扱われる主題と文体のあいだにあるこの落差が彼女の独特の小説空間を作り出しているようにさえ思われる。

四季折々の自然が豊かな日本では、一般に文学においても季節や風景の描写が重要な位置を占める。『源氏物語』の昔から川端康成（一八九九―一九七二）を経て保坂和志（一九五六―）(7)などにいたるまでその傾向に変わりはなく、その点、自然よりも人物の肖像画を描いたり、心理を分析したりすることに長けている、あらゆる意味でユマニスムの伝統が色濃いフランス文学とは対照的であろう。カナダ文学はどうかというと、日本文学とはまた別の意味で自然との関わりが強いといえるのではないだろうか。これから開拓すべき広大な土地を前にして、厳しい自然と共存していくことが求められる地域では、文学的伝統にもそうした条件がおのずと反映されるだろう。

あまりに大雑把な指摘はこの辺に留めておくが、シマザキの作品にもこうした日本文学の伝統によって培われた感性が息づいている。五部作のタイトルがすべて俳句の季語から選ばれていることは、作家自身が明らかにしているところである。(8)以下、それらの「季語」が、作品の中でどのような効果を生み出しているか、五部作の主題とともに考察してみたい。

「ツバキ」

第一作のタイトルになっているツバキはユキコが好んでいた花である。彼女は生前、ツバキの花のような最期を遂げたいと孫に語っている。[9]「東京の近くの田舎で雪が降ったとき、わたしは竹藪の中に花を見つけたの。雪の白、竹の葉の緑、そしてツバキの赤。穏やかで孤独な美しさだったわ。[10]」赤、緑、白が生み出す色彩の見事なコントラスト。ツバキは寒中に咲きつづけ、花びらは枯れることなく最初のかたちを留めたまま落ちる。ユキコのひたむきでありながら潔い性格と通じ合う。

ユキコと彼女の夫は、異国の地で定年退職後、生花店を営むが、二人の死後はナミコがその店を継ぐ。小説の最後に、店員がナミコに電話をかけてくる場面がある。店員は、年配の男性が店のツバキを全部買っていった、とナミコに報告する。その晩、ナミコの息子は、祖母の墓がツバキの花で覆い尽くされていたと母に語る。このようにして、この地に来て以来一度も再会することのなかったユキコの異母兄、ユキオの訪問が告げられるのである。

ツバキの花は、色彩豊かな風景描写に寄与するだけでなく、主人公の性格をも象徴する。そして最終場面において、二人の人物の待ち望まれた再会—残念ながら、一方はすでに死者であるが—を準備する。俳句の季語から借用されたタイトルは、小説の随所でルフランのように繰り返され、きわめて効果的に物語の骨組みを支えていることが分かる。

「ハマグリ」

じつはこの二人は、自分たちが異母兄妹であることを知らずにかつて互いに惹かれ合っていた。ツバキの花が前作の結末部分で昔の恋人同士の再会を告げるとしたら、二作目のタイトルになっているハマグリも類似の効果を発揮する。ハマグリは春の季語で、桃の節句と深い結びつきをもつ貝である。第二作の主人公であるユキオは四歳の頃、公園でよく女の子と遊んでいた。ある日、その女の子〈名前は覚えていない〉が「貝合わせ」の遊びを教えてくれる。ハマグリには上下がぴったり合うものが二つとないため、この遊びは平安時代からすでに、理想の伴侶を見つけたいと願う娘たちのあいだで人気があった。ユキオが母と義父に連れられて長崎に行くことになったとき、〈彼女〉はユキオのお嫁さんになりたいと言いながら、この二枚貝を一組くれる。中には二人の名前が書かれ、小石が一つ入っていたが、〈彼女〉は結婚するまでけっして開けてはならないと言い渡す。ハマグリが見あたらなくなった後も、ユキオはこの餞別のことを忘れたことがなかった。

作品の後半部は「コトコトコト」という擬音語とともに始まる。すでに定年退職しているユキオは、結局〈彼女〉〈後に異母妹であることを知る〉とも、長崎で知り合ったユキコとも結婚せず、シズコと結婚して三〇年が経過している。

台所から聞こえてくる「コトコトコト」という音は、妻がまな板の上で野菜を刻む音だが、この音を聞いて、ユキオはハマグリの中に入っていた小石の音を思い出す。

　ユキオは、すでに寝たきりになっている母親の看病をしながら、偶然読んでいた本に挟まっていた二枚の写真を母に見せ、長崎で知り合ったユキコが特別な友達だったことを打ち明ける。その写真はユキコが彼にくれたもので、一枚には十三歳のユキコが一人で写り、もう一枚には、三歳のユキコが少年と一緒に写っていた。ユキオは私生児だったため、母が結婚するまで写真をとってもらったことがなく、その少年が自分だとは気づいていない。

　物語の最終部、臨終間際の母の手には一対のハマグリが握られている。内側にはユキオとユキコの名前が書かれている。ユキオはここでようやく、子どものときに一緒に遊んだ少女と思春期になってから好意を抱いていたユキコが同一人物で、しかも異母妹だったことを知るのである。

　シマザキの小説ではしばしば、タイトルになっている一つの語＝物が作品の結末で行われる「種明かし」に深く関わっている。女性が自力では容易に抜け出すことのできない泥沼と化した不倫関係、シングルマザーが置かれた厳しい条件、殺人に至るまでの苦悩とそれによる悔恨、戦争の悲惨といった深刻なテーマが扱われながら、この語＝物はどちらかというと俳句の世界にも近い静けさを作品全体に行き渡らせている。しかも、この語＝物のほとんど詩的といってもよい反復が、対象物の象徴的かつ想像的な価値を意味と音韻の両面から強化し、思いもよらぬ結末へと導いてゆく。年月の闇の中に消え失せた貝殻、子どものたわいない遊び道具でありながら、理想の夫婦の象徴でもあるこの一組のハマグリは、このようにして六〇年後に、ある重い秘密を解放するためにふたたび出現するのである。

「ツバメ」

三作目の『ツバメ』は、五部作の中心に位置すると同時に、他の四作とはかなり趣を異にする作品である。一九二三年の関東大震災時に在日の人々が味わった悲惨な体験を取り上げ、異文化間の問題を前面に打ち出した意欲的な作品である。

物語はユキオの母親の少女時代に遡る。夏の終わりのある朝、荒川近くの長屋に住む十二歳のキム・ヨンヒが母親の遣いで、放水路の建設工事に従事する叔父のもとに茹でたトウモロコシを届けにいく。彼女の母とその弟は女子校の教師とジャーナリストだったが、日韓併合時に独立運動に参加したために弾圧され、日本に逃れてきたのだった。大地震が発生し、朝鮮人が井戸に毒を入れようとしているというデマが流れ、朝鮮人狩りが始まる。危険を察知した母は弟を捜しにいくという口実のもとに、ヨンヒを教会の神父に預ける。別れ際、母は娘に「おまえはこれから日本人のふりをしなくてはいけないよ。(中略)おまえの名前はカナザワ・マリコ。キム・ヨンヒという本名はけっして口にしてはだめよ[11]」と言い渡す。母は弟を捜しに行ったきり戻ってくることはなく、マリコは孤児として教会で育つ。マリコは空を飛ぶツバメを眺めて、その自由の身を羨む。

日差しが急速に温かくなる。教会の周りの野原はピンク色のレンゲソウで埋め尽くされている。わたしは草の上に寝そべって、空を見上げる。つがいのツバメが白い雲の上を通り過ぎる。彼らは温かい国から戻ってきたのだ。一方が他方に同じ速度で付き従っている。（中略）「生まれ変われるなら、鳥になりたいなあ」とわたしは呟く。(12)

タイトルのツバメはまた、神父のあだ名でもある。彼は渡り鳥が多数飛来してくる「南の島」に生まれたが、幼いときに「ヨーロッパの戦争」で両親をなくし、自分自身、渡り鳥のように日本にやってきて、教会で孤児たちの面倒を見ている。関東大震災という大惨事によって母親も自分の名前も記憶もすべてを失ったことになったヨンヒは、新たにつくられた戸籍によって日本人マリコとして生まれかわり、十五歳までこの教会で育てられる。その後、会社勤めをするが、そこで知り合った男性に誘惑されてユキオを産み、自分の母と同様シングルマザーになる。幸い、タカハシ氏と巡り会い、結婚して長崎で三人の生活が始まる。マリコは自分の過去について、家族にさえも一言も打ち明けない。

小説の後半、長崎の原爆を生き延びたマリコは、鎌倉で息子夫婦とともに老後を過ごしている。荒川の土手に埋められた朝鮮人の死体の掘り出しのニュースを耳にした彼女は、こっそり土手に行き、そこで目眩に襲われたある高齢の婦人を助ける。その婦人も在日で、キムさんという名前だった。帰り道、マリコは書店のウィンドーで親指姫の絵本を見かけ、孫とその友達のために二冊購入するが、その表紙にもツバメに乗って花々の上を飛んでいる少女の姿が描かれている。彼女の目には、そのツバメと神父が重なり合うのだった。

後日、マリコはキムさんの家を訪ね、教会の孤児院を出たときに神父から渡されたハングルで書かれた母の日記を読んでもらう。そこには朝鮮の活動家に送っていたとみられる日本の様子が克明に記されていた。裏表紙には、マリコが母と別れた日の日付（一九二三年九月二日）のあとに、「愛する娘、ツバメ氏の子へ」と読み取ることができた。私生児のマリコはこうして神父こそが自分の父親だったことを知る。

二つの場所を自在に行き来し、春を告げる渡り鳥は、自己のアイデンティティを葬り去ることによってしか生き延びることのできなかったマリコにとって、自由と幸福の象徴であった。それに加えて、周囲の人々から「ツバメ」という愛称で慕われていた神父が本当の父親だったことを、七〇歳を過ぎてから偶然知ることになるのである。

異文化への不寛容さを現在の視点から声高に批判することは巧みに避け、二つの文化の狭間を生きた一人の女性の生涯に光をあてながら、シマザキがここで行っているのは、日本の内側からではなく、日本と一定の距離を保ったうえで、おそらくはフランス語読者の視点も交えて、日本史の目立たない一ページについて再考することである。俳句の季語に想を得たタイトルは、重層的な意味あいを帯びながら、物語の展開に関与していくことにより、重い主題をロマネスクなオブラートで包み込む役割を果たしているのではないだろうか。物語はこの後、すでにみたように第二作の最終場面へと送り返され、マリコは死の直前に、すでに意識も混濁した状態の中で、ハマグリによって、ユキオの幼少期の友達と思春期に長崎で出会ったユキコが同一人物であることを息子に告げることになる。

「ワスレナグサ」

さて、第四作で基調となるのは、春の季語であるワスレナグサである。この巻の主人公タカハシ・ケンジは乳母のソノからもらったワスレナグサの押し花でつくった栞を大事にしている。彼が初めて教会を訪れたとき、マリコが聖母子像の前に飾っていた花も青い花弁をもつこの花だった。ケンジは良家の一人息子だったが、妻サトコとのあいだに跡継ぎが生まれなかったために離縁。その後、サトコの不妊症の原因は自分の方にあったことを知る。だが、家庭を築きたいという願望は大きく、たまたま訪れた教会で見初めたマリコに求婚し、ユキオを養子にして、三人での新生活を長崎で始める。

サトコと離婚する前、二人は川縁を散歩している。別れ話は、姑から跡継ぎのことを尋ねられるたびにつらい思いをしてきたサトコのほうから切り出される。川は広くて深く、流れは急である。数メートル先には木に繋がれた一艘の小舟が水に揺れている。サトコは川縁に咲いているワスレナグサをとってほしいとケンジに頼むが、彼は流れが急で危険なことを口実に応じない。するとサトコは突然、別れ話を切り出し、小舟のほうに向かって進んでいく。ケンジは追いかけようとするが、足がすくんで動けない。

彼女はさっき僕が見た小舟のほうに近づいていく。ベンチには一人の男と少年がすわっている。彼らは僕のほうをちらっと見る。「あの人たちは誰だろう」と僕はつぶやく。僕は妻に向かって「待って！」と叫ぶ。彼女は僕のことを無視して舟に乗り込む。彼女が一瞬振り返えると、欲しがっていた青い花を抱えているのが見える。男は流れに逆らって漕ぎ出す。彼らは次第に遠ざかっていく。

僕は目が覚める。(13)

ワスレナグサという名前は、小説の中でも語られているように、恋人のために川縁に花を取りにいってドナウ川に流され、「ぼくのことを忘れないで」と言い残して流れに飲み込まれていった中世の騎士の話に由来している。(14) 上記の引用はケンジの夢の中に現れた光景だが、川縁、急な流れ、花を欲しがる女性と、危険を冒してまでその願望に応えようとする男性、という構図はこの伝説に酷似している。しかし、臆病なためにサトコの要求に応えられない現実のケンジにたいして、夢の中の男性はサトコに花をとってやり、しかもみずから命を落とすこともなく、子供と一緒に彼女を舟に乗せて荒い川の流れに逆らって漕ぎ出す。ケンジと別れた後、再婚して子宝に恵まれるサトコの未来を予告するかのような一節である。

ケンジが定年退職して、鎌倉で息子夫婦と同居するようになってからも、妻のマリコは庭にワスレナグサを植えるし、乳母ソノの墓石に刻まれた花の名もワスレナグサである。そして、何ともいえぬ親しみを感じていた乳母が亡くなってから墓参りをした際、寺の住職から聞かされたのは、ケンジもまた、三味線の師匠であるソノが産んだ私生児だったという意外な事実であった。彼は跡継ぎに恵まれなかったタカハシ家に出生と同時にもらわれ、タカハシ家の嫡男として戸籍に登録されたのだった。「素性がはっきりしない」孤児との結婚を反対され、両親との絶縁を覚悟してマリコと結婚したケンジも、じつは「素性がはっきりしない」という点ではマリコと大差なかったことを知るのである。ここでもまた、季語から採用された書名が、物語の意外な顛末に関与していることが分かる。

先に見た川縁での夢想的光景は、物語の最終場面で以下のように変奏される。

僕は目を閉じる。速い流れに逆らって舟を漕いでいる。舟にはユキオと、手に青い花を持ったマリコが座っている。教会の人たちが岸で「タカハシさん!」と呼んでいるのが見える。彼らは手を振っている。孤児たち、外国人の神父、タナカさん…。僕はもう一人の女性が彼らに近づいてくるのに気づく。彼女は紫色の矢をあしらった着物を着ている。男の子がその後から走ってついてくる。僕はすぐさま「ソノ!」と叫ぶ。(15)

自分と別れて別の家族のもとへと去っていった妻を想像させる先の光景は、ここでは自分と家族の船出の情景に読み替えられている。かつて、妻が去っていくのを目で追うことしかできなかった臆病な自分は、ここでは教会の人々に見守られてたくましく新生活を始めようとしている。見守ってくれているのは教会の人たちだけではない。そこには、じつの母ソノの姿もある。後を追ってくる男の子は、ケンジ自身の二重化した姿だろうか。

第四作では、これまでに登場したハマグリやツバメに関する描写もくり返されながら、春を基調とした風景描写によって物語が進行していくのである。

「ホタル」

『ホタル』は五部作の最終巻である。シマザキはこの作品により、二〇〇五年にカナダ総督文学賞を受賞しているが、ここでのホタルの表象的価値は微妙かつ意味深長である。ホタルは最近では地方でも目にする機会がめっきり減ってしまったが、日本の夏の風物詩として、今なお人々の想像力をかきたてる昆虫だろう。しかし、日本で詩的情緒をかきたてるこの昆虫が、西欧ではこの世をさまよう死者の魂を表象することを、シマザキは知らないわけではない。

日本の子どもたちは無邪気に「ホ、ホ、ホタル来い。あっちの水は苦いぞー、こっちの水は甘いぞー」と歌う。だが、すでに寝たきりのマリコが週末ごとに看病に来てくれる孫のツバキ（第一作のタイトルだったツバキはユキオの娘の名前にもなる）の前でこの歌を口ずさむとき、彼女はこの一見無邪気な歌の裏に隠された残酷な意味を見抜いている。彼女は女子大生のツバキを誘惑しようとしている既婚の英語の先生を好きになってはいけないよ、つまり、甘い水にひっかかってはいけないよ、というメッセージをこの歌に込めるのであり、それは故なしとしない。

第五作はツバキが両親の留守中に、告白にも近い「おばあちゃん」の体験談を聞くという体裁をとる。すでに見たように、マリコは震災孤児で、教会に付属した孤児院で育てられた。十八歳のとき、彼女は職場で出会ったホリベに口説かれる。彼は初めてマリコのアパートを訪ねたとき、一匹のホタルを手土産にもってくる。ホリベはその後、ある良家の令嬢と親同士が決めた結婚をするが、マリコとの関係はつづき、その結果、私生児のユキオが生まれる。マリコは幸いタカハシ・ケンジと出会い、結婚して長崎に移り住むことになる。平和な暮らしが一〇年続くが、戦争が勃発すると夫は動員され、その代わりに東京から赴任してきたのが、他でもないホリベであった。彼はマリコの夫の不在中に、またもやホタルを一匹たずさえてマリコに会いにくる。二人の関係は再開し、マリコはそこから容易に抜け出すことができなくなる。ホタルはここではたわいもない贈り物でありながら、誘惑の炎をも象徴する不吉な存在である。これこそが、第一作目の重要な告白であるユキコの父親殺しの原因となるものであり、その記憶は原爆の体験以上にユキコを生涯苦しめることになる。

水、しだれ柳、ホタルはしばしば同時に現れる。鎌倉にあるツバキの両親の家のそばで、彼女は「S寺の前を流れる小川に沿って歩く。その小川の脇にはしだれ柳が続いている。夏になると、そこはホタルで一杯になる[16]」。

長崎でも、タカハシ家のそばには似たような風景が広がっていた。

わたしたちの眼前には小川が流れていて、浦上川に注いでいた。しだれ柳が二〇メートルほど続いていた。小川の向こう側には竹藪があった。そこはたいそう静かで、世間で起こっていることを忘れさせてくれる場所だった[17]。

この竹藪はユキオとユキコがひそかに会っていた場所である。しかし長崎に投下された原爆がこの小川の風景を一変させてしまう。マリコはその様子をツバキにこう語る。

「建物の残骸で押し潰された小川の上をホタルが飛ぶのを見たんだよ。暗闇の中に漂うホタルの光はまるでどこに行ったらいいか分からない犠牲者の魂のようだった[18]。」

ホタルはこの正反対の二つの風景の接点に位置していることになる。人間も建物も一瞬にして破壊してしまったこの大惨事の後に、はたしてホタルのようなか弱い昆虫が生き残れたかどうか、レアリスム的観点から問うことは無意味だろう。むしろ、その微かな光は、想像力のスクリーンに映し出された、文字通り「犠牲者たちの魂」だったのではないか。

夏は情念が最高潮に達する季節だが、怒りも同様だろうか。いずれにせよ、不貞をはたらいた父親にたいするユキコの怒りは、原爆というさらに大きな人間の狂気によってこともなく消し去られてしまう。原爆を体験したマリコの意識の中では、雷雨をもたらす積乱雲の季節はキノコ雲の映像をよみがえらせる季節でもある。ホタルの微かな光はこのようにして、より大きく、より不吉な火へと結びつけられていく。

小説の最後の場面で、ツバキは祖父の墓に向かって、ユキオの本当の父親との不倫を最後まで隠していた罪深い「おばあちゃん」を赦してくれるようにと祈る。彼女は、祖母の魂が「迷子になったホタルのようにどこに行ってよいか分からずに[19]」さまようことがないように迎えにきて、と祖父に頼む。

シマザキにおける「移住（者）のエクリチュール」

以上、シマザキの五部作において、各小説のタイトルにもなっているツバキ、ハマグリ、ツバメ、ワスレナグサ、ホタルという語＝物に付与された象徴的価値について考察してきた。それらの語＝物たちは俳句の季語に近い役割をにない、作品の中で日本独特の季節感や風景の創出に関わっているが、それだけでなく、作品全体を通じて反復されることによって増殖した象徴的な意味が物語の筋立てを強固に支え、意外な結末を準備することが分かった。シマザキの小説は人間の心の深部に潜むエゴや怒り、差別や狂気を取り上げていながら、一方でそれを語る文体に見られる簡素さや静けさが独特の雰囲気を生み出しており、それが作品の魅力になっていると思われる。

われわれはこれまで、シマザキの作品におけるいわゆる「移住（者）のエクリチュール」の側面よりも、その小説空間の内部に見られる詩的な特質をいささか強調しすぎたかもしれない。しかし、そもそもなぜ、シマザキはこのような過去の日本の情景をフランス語読者に差し出すのだろうか。そのことを考えるとき、おそらく、「移住（者）のエクリチュール（écriture migrante）」に触れないわけにはいかないだろう。

この語の創始者とされるハイチ系の詩人で文学理論家でもあるロベール・ベルエ＝オリオル（Robert BERROUËT-ORIOL）は「移住（者）のエクリチュール」を次のように定義している。それは「移住する主体によって生み出される文学作品」であり、彼らが「後にしてきた国、あるいは失った国、現実的であったり幻想を帯びていたりする国を虚構《フィクション》の素材にして」生み出される「身体と記憶のエクリチュール」であると(20)。換言すれば、移民たちが後にしてきた土地にまつわるさまざまなものを現在住まう場所で虚構の中に再構成していくエクリチュール、ということになるだろうか。とはいえ、書き手自身が新しい国に身を置いている以上、そこに再構成されるはずの記憶は多少なりとも新しい国のフィルターを通してみた過去となるし、それを受容する主たる読者が移住先の人々であることもエクリチュールの質に少なからぬ影響を及ぼすだろう。作家の視線は過去から現在、故郷から移住先の国へという一方通行の運動をおこなうだけでなく、二つの場所と時間のあいだを絶えず往復するはずだし、その結果、二つの場所と時間の固定性そのものが危うくなってくることさえありうるだろう。

さらに言えば、「移住する」のは書く主体だけではないはずである。Écriture migrante はたんに移住者 migrant によって書かれたものを意味するだけでなく、エクリチュールそのものの migrante な性格、すなわち、ある場所から別の場所へと移住し、もとの場所に戻ってきたかと思うと、また別の場所に向けて出発する性格も意味するのではないか。それらの場所とは、作家と読者がさまざまな文化的背景をもちながら共生しようとしている場所に他ならず、「移住（者）のエクリチュール」はそれらのあいだを往復しながら多様な読みに自己を差し出すものであるはずだ。

もとより「移住（者）のエクリチュール」はケベック特有の文学概念というわけではなく、フランスはもちろん、クレオール文学や英系文化圏、そしてアフリカまでも含む広範な地域にまたがるものである。その多様な射程の全貌に迫る余裕も能力も筆者はもち合わせていないので、ここではあくまでシマザキの作品の読解との関わりに限定したい。先述したように、思春期を過ぎてから（一九八一年）、自らの意志でカナダに移住したシマザキの場合[21]、自分自身の間文化的体験を直接作品に盛り込むことは多くない。彼女はむしろ、日本を題材にしながらも、それを外国語で、外の読者に提示することによって、自分が属していた過去を母国からいくらか距離をおいて眺めることに関心があるようだ。そこで扱われる主題は、きわめて日本的な空間の中でとらえられていながら、じつは人間社会のどこにでもありうる普遍的な主題でもあり、シマザキは異文化の読者たちとの対話を通して、そうした主題にたいする新たな視点や解答を模索しているように見える。大人になってから学習した言葉で表現することは、必然的に平明な文体を強い、たとえ俳句を意識せずとも、より簡潔でそぎ落とされた表現が要求されることになるだろう。それは奇しくも、ごく最近移民してきた人たちも含めて、誰でもが読むことのできる平易な文体ということになる。その意味で、シマザキの作品は「移住者によるエクリチュール」であるだけでなく、フランス語読者のあいだを易々と行き来し、異質なものに触れることによって新たな解釈を得ようとする、それ自体が「移住するエクリチュール」でもあるのだ。

おわりに

アキ・シマザキの小説世界がもつ詩的象徴性を、各作品のタイトルに使われている語＝物の分析を通して考察してきた。日本の過去の風景を描くことに重きを置いたシマザキのエクリチュールは、一見したところ、作者の間文化的体験をフィクション化する「移住（者）のエクリチュール」の典型的な例とは言い難いように見える。しかし、彼女が母国ととろうとする距離、読者と交わそうとしている対話、それに用いる言語などの面から見ると、やはり「移住（者）のエクリチュール」のすぐれた一例と見なすことができる。
そう結論したうえであえて強調したいのは、シマザキの作品の魅力になっている独特の雰囲気である。人間のエゴや偏見、狂気などについて共に考えるために、フランス語という表現手段と、ケベック（そしてフランス語読者がいる他の地域）の多様な文化的土壌を必要としていることは間違いないにしても、各巻の完結性と五巻のあいだの有機的な結びつきとに見られる物語の筋立ての妙味には、単純に、創作することの喜びが感じられる。シマザキの作品は、作家が書く場所、用いる言語、描く対象、扱う主題、そして物語的技巧が読者と幸福な出会いを果たした好個の例である。

註

（1）Lucie LEQUIN, « De la mémoire vive au dire atténué : L'écriture d'Aki Shimazaki », *Voix et Images*, vol. 31, n° 1 (91), 2005, p. 99.
（2）処女作『水の思い出』（*La Mémoire de l'eau*, 1992）は、清朝滅亡時に幼少期を過ごし、纏足が中途半端に終わった高齢の中国人女性リ・フェイについて孫が語る小説である。二作目の『中国人の手紙』（*Les Lettres chinoises*, 1993）は、モンレアルに出発したユアンと、上海に留まる彼の恋人のササとの往復書簡。三作目の『恩知らず』（*L'Ingratitude*,1995）では、母娘の重すぎる絆を断ち切ろうと自殺を試みた若い女性が、死後の世界から語る。
（3）『ラ・ケベコワット』（*La Québécoite*, 1983）や『石ころたちの途方もない疲れ』（*L'Immense fatigue des pierres*, 1996）などの自伝的小説は彼女の代表作である。詳しくは山出裕子『ケベックの女性文学―ジェンダー・エクリチュール・エスニシティ』彩流社、二〇〇九年、第五章を参照のこと。
（4）五部作の後に発表した『ミツバ』（*Mitsuba*, Leméac, 2006）においてようやく、モンレアルという地名が現れる。
（5）H・R・ヤウス『挑発としての文学史』（轡田収訳）岩波書店、一九七六年。
（6）アキ・シマザキ『椿』（鈴木めぐみ訳）森田出版、二〇〇二年。
（7）『季節の記憶』講談社、一九九六年、『残響』文藝春秋、一九九七年など。

（8）Voir « Entrevue avec Aki Shimazaki », 13 mars 2008, « Dossier : écrivain », préparé par les étudiants du profil Lettres, du Cégep Marie-Victorin. http://ecrivains.lettres.collegemv.qc.ca/entrevueshimazaki.htm（二〇〇九年四月三十日アクセス）

（9）Aki SHIMAZAKI, *Tsubaki*, Leméac / Actes Sud, 2005, p. 8.

（10）*Ibid.*, p. 50.

（11）A. SHIMAZAKI, *Tsubame*, Leméac / Actes Sud, 2007, p. 33.

（12）*Ibid.*, pp. 48-49.

（13）A. SHIMAZAKI, *Wasurenagusa*, Leméac / Actes Sud, 2008, p. 32.

（14）*Ibid.*, pp. 121-122.

（15）*Ibid.*, pp. 122-123.

（16）A. SHIMAZAKI, *Hotaru*, Leméac / Actes Sud, 2009, p. 17.

（17）*Ibid.*, p. 63.

（18）*Ibid.*, pp. 24-25.

（19）*Ibid.*, p. 131.

（20）Robert BERROUËT-ORIOL et Robert FOURNIER, « L'émergence des écritures migrantes et métisses au Québec », *Québec Studies*, n° 14, Spring/Summer 1992, p. 12.

（21）« Entrevue avec Aki Shimazaki », *op. cit.*.

第六章　旅・亡命・帰還・彷徨

――ダニー・ラフェリエール『帰還の謎』

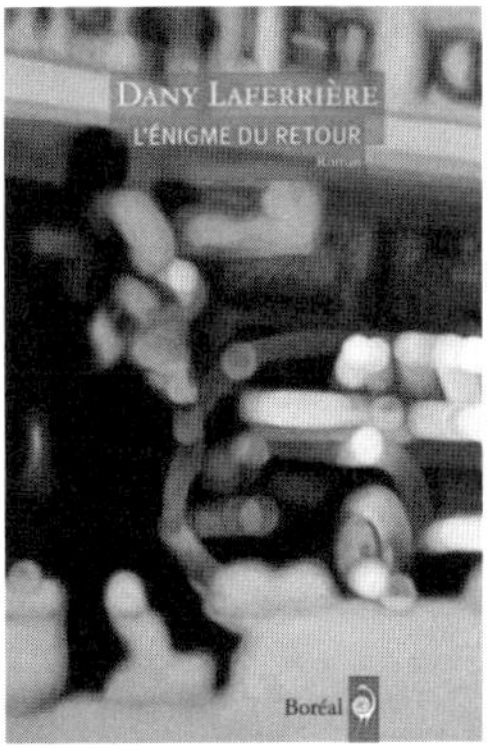

Dany Laferrière,
L'Énigme du retour,
Boréal, 2009.

はじめに

ダニー・ラフェリエール（Dany LAFERRIÈRE, 1953-）はハイチ出身で、ケベックで作家になった。彼が二〇〇九年秋にケベックのボレアル社とフランスのグラッセ社から同時に発表した『帰還の謎』[1]（*L'Énigme du retour*）は、モンレアルで書籍大賞、フランスでメディシス賞を受賞し、話題を呼んだ。

ダニー・ラフェリエールの本名はウィンザー・クレベール・ラフェリエール。彼は一九五三年にハイチの首都ポルトープランスで生まれ、幼少期をプチ＝ゴアーヴの祖母のもとで過ごした。父親はフランソワ・デュヴァリエ（François DUVALIER,1907-1971）の独裁政権に抵抗したために政権から追われ、ダニーが物心ついた頃にはすでにニューヨークに亡命している。

ダニーは中等教育修了後ジャーナリストになり、ハイチで最も古い日刊紙「ヌヴェリスト」などで政治・文化欄を担当するようになるが、父親の後を継いだジャン＝クロード・デュヴァリエ（Jean-Claude DUVALIER, 1951-2014）の独裁政権下で一九七六年、同僚が暗殺されると、彼自身も身の危険を感じ、急遽モンレアルに移住する。二十三歳のときのことだった。工場などで働きながら一九八五年、『ニグロと疲れないでセックスをする方法』[2]（*Comment faire l'amour avec un Nègre sans se fatiguer*）というインパクトたっぷりのタイトルの小説で作家としてデビュー。同作品はベストセラーになり、一九八九年にはカナダで映画化もされ、五〇か国以上で封切られた[3]。その後、『エロシマ』[4]（*Éroshima*, 1987）、『コーヒーの香り』（*L'Odeur du café*, 1991）、『限りなき午後の魅惑』（*Le Charme des après-midi sans fin*, 1997）などを発表し、九〇年代にはマイアミに居を移すが、二〇〇二年よりモンレアルに戻り、『南へ』（*Vers le sud*, 2006）、『吾輩は日本作家である』[5]（*Je suis un écrivain japonais*, 2008）の後、二〇〇九年にハイチへの帰郷をテーマにした『帰還の謎』を発表して、世界的作家としての地位を固める。さらに翌二〇一〇年には、一月に首都ポルトープランスを訪問していて遭遇した大地震の経験を『ハイチ震災日記』[6]（*Tout bouge autour de moi*）に綴っている。

ハイチという国

ハイチといえば、二〇一〇年のこの大地震がわれわれの記憶に強く残っているが、それ以上のことを知っている日本人はいったいどれだけいるだろうか。

カリブ海に浮かぶ島のひとつであるイスパニョーラ島をドミニカ共和国と分け合っている共和国。十九世紀初頭の一八〇四年に早々と独立を果たした黒人初の共和国だが、残念ながら、これまで日本からは地理的にも心理的にも遠い国だったと言わざるをえない。事情が一変したのはこの大地震からだった。長く続いた独裁政権の後遺症でインフラ整備が整わない都市を直撃した地震は二〇万人以上の犠牲者を出し、死者を埋葬する場所にすら窮するという惨状が日本の新聞やテレビでも報道され、地震国日本に住むわれわれも他人事ではないと感じた。しかし、そのときはまだ、一年後にさらに巨大な地震が東日本を襲うことになると予期できた者はほとんどいなかっただろう。

ハイチはある意味で、歴史の先端を走りすぎたのかもしれない。アメリカ合衆国の独立や宗主国フランスにおける大革命の余波を受けて、あまりに早く独立を成し遂げてしまったために、世界から疎まれ、高い代償を払うことを余儀なくされた。フランスから独立の承認を得るために旧入植者への損害賠償としてフランス政府に支払われた一億五〇〇〇万フランは、すでに莫大な金額であったとはいえ、サトウキビの価格が下落しなければいずれは完済できるはずだった。皮肉なことに、その後ヨーロッパで甜菜糖が生産されるようになり、サトウキビの価格が下落してしまう。長期にわたって借金に苦しむ国家となるのである。

歴史はその後もこの小さな島国（面積は四国と九州の中間程度）を翻弄しつづける。東西冷戦の中で、借金返済を口実にしてアメリカ合衆国が占領し、そこに親子二代、二九年間にわたる独裁政権が誕生する。ダニー・ラフェリエールの父親はポルトープランスの市長まで務めた人だったが、独裁政権に抵抗したために体よく左遷され、ついには家族と離れてニューヨークで亡命生活を送ることになる。その生活は半生におよび、家族のことを思い出すのがつらいばかりに、家族を記憶から葬り去った。ダニーは一度マンハッタンまで父に会いに行ったことがあるが、アパートのドアの向こうで「おれには息子などいない、家族なんてもったこともない」と喚いていて、結局父と会えずじまいだったというエピソードは、本書の「ブルックリンの小さな部屋」の挿話の中にも読むことができる。

ダニーはジャーナリストとして働いていた一九七六年、トントン・マクート（秘密警察員）が潜伏する都市で「プチ・サムディ・ソワール」紙の親しい同僚ガスネル・レモンが暗殺されると、すぐさまモンレアル行きを決断する。そして、異国の地でさまざまな仕事に就きながら、一九八五年、前述の処女作『ニグロと疲れないでセックスする方法』で華麗にデビューを果たすのである。

ケベックの亡命作家・移民作家

政治的理由で異国への移住を余儀なくされる人は古今東西数知れない。フランスは従来ヨーロッパの中でもっとも多くの政治亡命者を受け入れてきた国だが、移民で成り立つカナダ・ケベック州もまたしかり。同じフランス語圏で、地理的な近さもあり、ハイチからケベックに移住する作家たちは、これまでもけっして少なくなかった。アントニー・フェルプス（Antony PHELPS, 1928 -）、マリー＝セリー・アニャン（Marie-Célie AGNANT, 1953-）、スタンレー・ペアン（Stanley PÉAN, 1966-）…。中でもエミール・オリヴィエ（Émile OLLIVIER, 1940-2002）はその代表格だろう。とりわけ一九八〇年代以降のケベック州は、移民作家やトランスカルチュラルな背景をもった芸術家たちを歓迎し、彼らの作品を通して、文化的に開かれた独自社会を内外に印象づけようとしてきたとも言える。

『帰還の謎』

『帰還の謎』は、二十三歳でモンレアルに移住したラフェリエールが、三三年ぶりにハイチに一時帰国した折に書いたという設定の「自伝的」小説である。その一時帰国には主に二つの目的があった。一つは、若くして独裁政権に追われて半生をニューヨークで過ごし、故郷に戻ることも家族に再会することもなくあの世へ旅立った父親の魂を故郷に戻してやること。もう一つは、幼くして父と別れたために幼年時代の重要な部分が欠落したままの作家が、自己の幼年時代を再構成することだった。

作品は、第一部「ゆっくりとした出発の準備」と第二部「帰還」の二部構成になっている。冒頭で父の死を知らせる真夜中の電話を受け取った「ぼく」は、翌日、故郷を思い出しながらモンレアルの町をさまよう。そこで対比されるのは、熱烈な願望を秘めながら氷の下でじっと太陽の愛撫を待つ北国の草木と、故郷ハイチで母と一緒に眺めた庭先の夾竹桃の花である。ラフェリエールも本書の中で言っているように[7]、ケベックの国民的詩人で歌手のジル・ヴィニョー（Gilles

VIGNEAULT, 1928-）が「ぼくの国は、国ではなくて冬だ」と歌ったケベックのイメージは冬に要約されるのである。(8) 冬はまた、異国の地に暮らす亡命者の厳しい生活条件の暗喩にもなっている。それでもなお、ハイチの暖かな日射しを後にしてモンレアルに来たのは、かの地ではなく、この都市にこそ、願望も、生も、温もりも秘められているからではないか。ラフェリエールは言う。

この地球上の四分の三の人びとにとって
旅の形態はひとつしかありえない。
それは言葉も習慣も
知らない国で、
身分証明書ももたずに自分自身を取り戻すことだ（六〇―六一頁）。

ニューヨークで父親の埋葬に立ち会った「ぼく」は、第二部では三三年ぶりに故郷の地を踏むことになる。しかし、独裁政権が終わったハイチの変貌ぶりは想像以上で、「生まれ故郷の町にいてさえ、よそ者であること（二〇九頁）」を実感させられることになる。「ハイチ人に変身するには／クレオール語を話すだけでは充分でない（二五六―二五七頁）」のだ。「ぼく」は最初、ポルトープランス郊外のホテルのバルコニーから、中庭を掃いている人や、水汲みにいく少女、コーヒーをすすりながらその少女のことを眺めるネクタイ姿の男などを、望遠鏡で眺める。いわば「よそ者」の視線でハイチの現実を冷静にとらえていく。
しかし、いよいよ母に父の死を告げねばならない段になると、父に死ぬまで亡命生活の孤独を強いただけでなく、母にも同じ寂しさを味わわせ（というのも、亡命は残された者にも同じ孤独を味わわせるから）、さらには、自分にもケベック移住を強いた独裁政権への怒りが噴出する。そして、今なおその後遺症に苦しむハイチ社会への辛辣な批判が繰り広げられる。

よそで夢のような生活が送れるというのに、なぜ、マラリアをたっぷりもったハマダラカに取り囲まれて、民衆が苦労しているこの糞まじりの泥の中に留まっているのだろう？ 金持ちが貧乏人の金を集めなくてはならないのは、ここでだからだ。そして、この国の現在の道徳水準から考えて、金持ちがこのような活動を人に譲るはずはない（一七〇頁）。

その辛辣な調子が変わるのは、父の友人で、かつて父と共に抵抗運動に関わった老人と出会ってからだ。この老人はその後、政界に返り咲き、公共事業大臣として蓄えた富でフランケチエンヌ（Frankétienne, 1936-）やティーガ（Tiga, 1935-2006）など、ハイチの錚々たる画家たちの作品を収集し、私設美術館で余生を送っている。彼が運転手つきで貸してくれた高級車で、「ぼく」は甥とともに父の故郷バラデールへの旅に出かける…。
モンレアルからニューヨーク、ニューヨークからポルトープランス、そこからさらにバラデールへとつづく旅。「帰還」の旅の原型はおそらくホメロスの叙事詩オデュッセイアだろう。その主人公で、トロイ戦争の英雄でもあるイタケ王オデュッセウスは、海神ポセイドンの怒りを買ったために、帰還まで十年以上も荒波に弄ばれることになる。彼の帰還とラフェリエールのそれとの間にはどんな共通点や相違点があるのか。

オデュッセウスは途中何度も危険な目に遭うが、最後は故郷に戻り、家族との再会を果たす。妻のペネロペもずっと夫の帰りを待っていてくれた。一方、『帰還の謎』の「ぼく」は三三年という年月を経てようやくハイチに帰還するが、到着するまでより、到着してからのほうが困難に満ちている。彼が故郷を眺めるのは、異国の冬を何度も経験することで身につけた冷静な視線によってであり、「よそ者」であることを思い知らされる。二重の亡命だ。彼はホテルのバルコニーからスラム街を観察し、水を汲みに出かける少女を目で追う。しかし彼と道路のあいだにはピンク色に塗られた低い壁があり、それが反対側で繰り広げられている日常から彼を保護もし、切り離してもいる。

「ぼく」はそれでも故郷に戻ってきた。父親の亡骸は無理だとしても、せめて魂だけでも故郷に返してやりたかったからだ。父に別れを告げるためには、まず父がどんな人だったか知らなければならなかったし、それによって自分自身をも知る必要があった。というのも、幼い頃に父親から引き離された彼には、自分の起源に関わる重要な部分が欠落していたからである。彼は、どことなく風貌が父と似ているマルティニックの詩人エメ・セゼール（Aimé CÉSAIRE, 1913-2008）の『帰郷ノート』[9]（*Cahier d'un retour au pays natal*, 1939）を携えてハイチに戻ってくる。この『ノート』はいわば、旅のあいだ彼の精神的な導き手になるのだった。かくして父の旧友に会い、父の生まれ故郷を訪ねる旅が始まる。バラデールに到着すると、数日来の雨で水浸しになった墓地では、他人の葬儀が営まれている。その末席に連なり、父親の擬似的な埋葬を完了する。

ラフェリエールと芭蕉

小説の後半は各地の風景描写に混じってハイチの作家や画家たちとの出会いがあり、ハイチ紹介のガイドブックまたはロード・ムーヴィーとしても読むことができる。フランスなら、第三共和政下で多数書かれた少年少女向け祖国発見の旅物語の系譜に連なるかもしれない。[10] ケベック文学でいうなら、車による大陸横断を主題にしたジャック・プーラン（Jacques POULIN, 1937-）の『フォルクスワーゲン・ブルース』（*Volkswagen Blues*, 1984）を想起させるところがなきにしもあらずだ。しかし、日本の読者の中には『奥の細道』を思い起こす人もいるのではないだろうか。三〇〇年以上前の日本の俳人とケベックの現代作家の旅日記。一方は北へ旅立ち、他方は南へ。けれども、芭蕉と同様ラフェリエールも、祖国発見のために一種の詩的巡礼をおこなっているのであり、旅先で出会った人々や事物に注ぐ視線、その瞬間をスケッチし、言葉にしていくあざやかな身振りに不思議なほど共通点を感じるのは筆者だけではないだろう。[11] ラフェリエールの前作は『吾輩は日本作家である』（二〇〇八年刊）と題されており、一度も日本に滞在したことがないのに「日本作家」を名乗る人物を主人公にしている。その主人公のお気に入りの作品が『奥の細道』だといえば、この唐突な比較も許されるような気がする。『帰還の謎』で初めて取り入れられた独特の形式、すなわち散文と自由詩との混交というスタイルには、芭蕉の俳句と俳文の組み合わせを意識したところがあるのかもしれない。そして何よりも「カリブの冬」の中の次のような一節に、フランスの現代詩人イヴ・ボヌフォワも絶賛した「那須野」の一シーン[12]、農夫が貸してくれた馬に乗って旅立つ芭蕉と曾良を一目散に追いかけてくる二人の子どもの姿を現前化させた、あの場面を重ね合わせたくなる。

ふたたび乾燥した村を横切る。
小さな男の子が
手を大きく振って
満面の笑みを浮かべながら車を追いかけてくる。
ぼくはこの子が土煙の向こうに
消えていくのを見ている（三三五頁）。

バラデールへの旅を終えた『帰還の謎』の話者は心も軽やかに帰途につく。ホメロスの叙事詩の主人公と同様、この最後の行程は船旅になる。しかし、オデュッセウスが家族との再会を果たして深い歓喜を味わうのにたいして、ラフェリエールの旅は「ぼく」の眠りの中で突如として終わる。たしかに彼が最後に到着するアブリコという村は一種の楽園として描かれていて、彼はもはや夏も冬も、北も南もない「球状の生活」の中で、先住民の王女のそばで微笑みながら夢見ている。

しかし、これが本当に旅の終わりと言えるのだろうか。彼は眠りから覚めることなく、ずっとそこに留まるのか。それとも目覚めて、またどこかに旅立つのか。彼の父は、少なくともその魂は、半生におよぶ亡命生活の末に故郷に帰ることができた。しかし「ぼく」の帰還は謎めいている。それは新たな出発、というよりむしろ新たな「彷徨」を引き起こすのではないか。江戸時代の日本の俳人とハイチ系ケベックの現代作家とを結びつけているものは、地理的であると同時に時間的な彷徨の意識かもしれない。

おわりに

ダニー・ラフェリエールの父親はじつは一九八四年に亡くなっている。しかしこの喪の書が刊行されたのは二〇〇九年になってからである。ということは、ラフェリエールが父親と自分自身の幼年期に別れを告げるには四半世紀を要し、自分も父親の年齢に達するのを待たなければならなかった、ということではないか。一方で、この別れの儀式は二〇〇八年に他界したエメ・セゼールにたいするものでもあったように思われる。なにしろ、セゼールの風貌はラフェリエールに自分の父親を思い起こさせるものだったのだから。
『帰還の謎』はきわめて写実的であると同時に叙情的な無数のスケッチから成る作品である。どこか『悪の華』の中でボードレール（Charles BAUDELAIRE, 1821-1867）がパリの事物に投げかける視線にも似た、炯眼であると同時に温もりのある視線がモンレアルとハイチの現実を結晶化させていく。モンレアルの朝方のカフェの様子、高速道路をすれ違う車、ポルトープランスのスラム街で生活する貧しい人たち、その一方で、外国に行ったきり帰ってこない息子や娘を追いかけて移住してしまい、空き家になった豪邸の数々、空腹を抱えていてさえ他人のことを思いやる人々、そして一〇〇年後に訪れても変わっていないだろうと思える風景…。この作品の魅力は、ラフェリエール自身が切り取ったきわめて個人的な現実の数々に、祖国、移住、親子関係といった普遍的な射程が結びつくことによって生み出されているように思われる。

註
（1）（小倉和子訳）藤原書店、二〇一一年。
（2）（立花英裕訳）藤原書店、二〇一二年。
（3）日本でも『間違いだらけの恋愛講座』という邦題で上映された。
（4）（立花英裕訳）藤原書店、二〇一八年。
（5）（立花英裕訳）藤原書店、二〇一四年。
（6）（立花英裕訳）藤原書店、二〇一一年。

（7）前掲『帰還の謎』七四頁。以下、同書からの引用は直後に頁数のみ記す。

（8）Gilles VIGNEAULT, « Mon pays ».

（9）（砂野幸稔訳）平凡社、二〇〇四年。

（10）もっとも代表的なのものは G. BRUNO（筆名）による *Le Tour de la France par deux enfants*, Éditions Belin, 1877.

（11）ラフェリエールは曽良の代わりに甥を旅の道連れにしている。

（12）Yves BONNEFOY, « La Fleur double, la sente étroite : la nuée », *Le Nuage rouge*, Mercure de France, 1977.

第七章　漂流と記憶

――ダニー・ラフェリエール『甘い漂流』

Dany Laferrière, *Chronique de la dérive douce*,
VLB,1994.　　　　　　　　Boréal, 2012.

はじめに

ダニー・ラフェリエール（Dany LAFERRIÈRE, 1953-）の『甘い漂流』（*Chronique de la dérive douce*）は一九九四年にモンレアルのＶＬＢ出版から刊行された作品である。初版はラフェリエールがハイチからモンレアルに移住した最初の一年間の出来事や印象を一日一句、俳句を詠むように綴ったもので、三六六篇（この年は閏年）の断章から成っていた。二〇〇九年に『帰還の謎』（*L'Énigme du retour*）が出版されたことによって、二作は対をなすものと位置づけられるようになり、二〇一二年二月にパリのグラッセ社から、同年四月にはモンレアルのボレアル社から大幅な増補改訂をほどこした版が刊行された[1]。ボレアル版の帯には「『帰還の謎』のあとには〈到着の謎〉」とある。『帰還の謎』がケベックからハイチへの三三年ぶりの「帰還」を主題にした自伝的小説であるのに対して、『甘い漂流』のほうは、話者が一九七六年にモンレアルに到着した直後の一年間の所感を綴ったもので、作家ラフェリエールの原点といってもよい。

ハイチからケベックへの移住

『帰還の謎』を考察した際にも触れたが、ダニー・ラフェリエールはモンレアルに移住する前、ジャン＝クロード・デュヴァリエ（Jean-Claude DUVALIER, 1951-2014）による独裁政権が続くハイチの首都ポルトープランスで、反対派の急先鋒「プチ・サムディ・ソワール」紙等の記者をしていた。一九七六年夏、同僚がトントン・マクート（秘密警察員）に暗殺され、自らもブラックリストに載っていることを知ると、母親が用意してくれた「非公式の」パスポートを携えて急遽国外脱出を図る。カリブ海に浮かぶ常夏の島から、わざわざ北国のケベックを目指したことを不思議に思う人もいるかもしれないが、異国で仕事を見つけ、生き延びようとする者にとって、言葉は考慮すべき第一条件となる。ハイチはフランス語とクレオル語を公用語とする国であるから、アメリカ大陸のフランス語圏であるケベック州は当然、有力候補となる。中でも七〇年代のモンレアルは国際都市として州都ケベック市以上に外国人を引きつけていて、ハイチからの移住者も少なくなかった。

ラフェリエールのハイチ脱出は状況からしてかぎりなく「亡命」に近いものだったが、彼は亡命申請をしていない。「ぼくは亡命させられたわけではない、殺される前に逃げたのだ[2]」という一節からうかがえるのは、「亡命者」という言葉につきまとう微妙な被害者意識や憐憫の情を拒否し、つねに自由な「旅人」であろうとする意志である。

「漂流」

その「旅人」の意識と重なるのが、本のタイトルにもある「漂流（dérive）」である。これは一九七五年から八七年までモンレアルでジャン・ジョナサン（Jean JONASSAINT, 1950-）を中心にハイチ系知識人たちによって出版されていた文芸雑誌のタイトルでもあった[3]。カリブ海に浮かぶ島国から北米の都会に移住し、まだ新しい社会に根を下ろしたという実感がもてずに揺らいでいる存在。しかし、その「揺らぎ」はかならずしもネガティヴなばかりではない。既成の概念にとらわれずに何にでも融合できる自由な精神に価値を置くこの雑誌は、一九七九年以降、「間文化的雑誌（revue interculturelle）」を標榜するようになり、八〇年代後半からケベック社会で推進されはじめる「間文化主義（interculturalisme）」の先駆けとなる。また、本書の原題でも、「漂流」には「甘美な＝穏やかな douce」という形容詞が付加されている。「漂流」はしていても、ここでは少なくとも命の危険はない。黒人だというだけで警官から職務質問や身体検査を受けて憤る場面がある一方、レジでこっそり勘定を負けてくれる食料品店の店員や、無職の外国人に人柄だけ見て部屋を貸してくれる大家などがいて、大都会の人々が外国人に示すさりげない優しさに身を委ねながら、甘美な「漂流」をしている話者の姿が浮かびあがってくる。

『甘い漂流』に描かれるモンレアル

すでに述べたように、[4] ケベック州では、住民の八割がフランス語を母語とするにもかかわらず、十八世紀半ば、英仏の激しい抗争の末に英国の植民地になって以降、一九七〇年代までフランス語の地位は極端に貶められていた。状況に変化が現れたのは、一九六〇年、ジャン・ルサージュ（Jean LESAGE, 1912-1980）が率いる自由党が州で勝利をおさめてからである。それまで「守り」に徹していた社会が、後に「静かな革命」と呼ばれるようになる近代化をわずか一〇年足らずで成し遂げ、富を独占する少数の英系支配者と彼らに搾取される大多数の仏系労働者という構造を転換することに成功する。そして一九七七年には、きわめて強力な言語法である「フランス語憲章」を制定して社会のフランス語化を徹底し、現在では、フランス語がさまざまなエスニック・グループも含めた社会全体の共通語として定着している。

モンレアルはそのケベック州最大の都市で、現在の人口は約一六五万人（都市圏全体では三八〇万人）、カナダ全体でもオンタリオ州のトロントに次ぐ第二の都市である。この都市を大きく特徴づけているのが、本書にも登場するサンローラン大通りである（二二頁）。モンレアルは五大湖からケベック州のほぼ中央を流れて大西洋に注ぐサンローラン河の中洲にできた都市で、この河から北西に向かって垂直に延びるサンローラン大通り（英語ではしばしばたんに「メイン」と呼ばれる）を境に、十九世紀を通じて英系住民と仏系住民の棲み分けが進む。東に仏系、西に英系、そして大通り沿いにはさまざまなエスニック・コミュニティが形成されていくのである。現在のケベック州は「間文化主義」を推進し、英系と仏系の対立を和らげるだけでなく、多くの移民との「共存」にも心を砕いている地域だが、余計な軋轢を避けるために進んだ棲み分けは、現在なお、多少なりともこの都市を特徴づけている。

二十三歳の「ぼく」がスーツケース一つで命からがら辿りついたのは、そのような場所だった。ちょうどオリンピックの最中で、空港に降り立ったとたんに目に飛び込んできたのは、伝説の体操選手ナディア・コマネチの映像だ。赤いミニスカートをはいた女の子が、公衆の面前で恋人と別れのキスをしている。タクシーの窓から外を眺めると、通りでは、長い冬を耐えた人々が羽目をはずして束の間の夏を楽しんでいて、ストリーキング（公道を全裸で走る）をする者までいる。彼はこう綴る。

ある意味では、この国は
ぼくの国と似ている。
人々がいて、木々が生え、空があり、
音楽があり、女の子たちがいる、
そして酒も。しかしどこかで、
とてもはっきりした点において、

まったく違う
という感じもする。愛とか、
死とか、病、怒り、
孤独、夢、あるいは喜びにおいて（一九―二〇頁）。

ハイチもケベックも同じ人間が暮らしている場所ではないか、どうしてここで生きていけないことがあろうか、と腹をくくってはみても、やはりカルチャーショックは隠せない。「ぼく」を待ち構えていた生活は厳しいものだった。最初は住むところにも食べるものにも事欠き、一人公園で時間をつぶす。ラフォンテーヌ公園のベンチに腰掛けて、頭上のハトや足下の池を泳ぐ子ガモを目で追う。母親を探して水の中をうろうろし、水面に映った自分の姿に驚く子ガモは、「ぼく」自身のあてどなさとかぎりなく重なり合う。

ぼくは公園のベンチに
すわっている
頭の周りではハトが飛び回り
靴の先には
小さな湖。

ポルトープランスに
残してきた友人を忘れるには
どのくらいの時間がかかるだろう？
目を閉じただけで
まだ向こうにいるような気がする。
車の騒音はどこも
同じだ。

小ガモが
母親を探して
湖のそばに戻ってきた。
彼は水に映った
自分の姿に
怪訝な顔をしている（一二一―一二三頁）。

長距離バスの発着所のベンチに寝ころんでいると、「君は黒人で、／貧乏だけど、密告者のようには／見えない（三二一―三二三頁）」からといって、警官が近づいてきたことを教えてくれる者がいる。夜中に中華街の裏通りに行けば、レストランの残飯にありつけると教えてくれる者も。炊き出しのスープや、公園でよろよろしているハトを捕まえて、浮浪者に教えてもらったレシピで煮込んだものので飢えをしのぐこともあった。本書の原題にある〈chronique〉は、個人の日記より歴史的・社会的な広がりをもった「年代記」を意味すると同時に、ラフェリエールが作家になる前にテレビや新聞で担当していた「時評欄」をも指す言葉だが、身寄りのない孤独な青年は、こうした日々の出来事の一つ一つを「年代記」として書き綴ることで、かろうじて心の安定を保っていたのだろう。

しかしやがて、移民支援センターで受け取ったわずかな現金で安い部屋を借りることができるようになる。彼を精神的、肉体的、さらには経済的にも支えてくれる複数の異性が出現し、仕事も見つかる。地下鉄とバスを何度も乗り継いで辿り着く郊外の工場で、夜中から明け方までベルトコンベアーに向かうきつくて危険な仕事だが、それでもともかく自活の道を見つけ、週末はテレビ・ドラマを見ながらパスタを食べ、多少のワインを共にできる女友だちもいる生活は、まんざらでもない。

モンロワイヤルの丘を紅葉が彩り、生まれて初めて雪を見る。「氷の通過儀礼」を経験して春を迎え、二度目の夏が訪れる…。「四季を／知らないうちは／この土地の者ではないだろう（二五頁）」と思う根無し草の若者は、異国で過ごした最初の一年間を、ジャーナリストとして養った鋭い視線と、持ち前の抒情性が入り交じった独特の文体で「年代記」に綴り、七〇年代の北米の一都市を鮮やかに浮き彫りにしていく。

ケベックにおける移民文学と間文化主義

前章でも触れたように、ケベック文学においては、八〇年代後半からダニー・ラフェリエールのような移民作家が重要な役割を果たすようになる。中でも、ハイチ系のエミール・オリヴィエ（Emile OLLIVIER, 1942-2002）、ユダヤ系のレジーヌ・ロバン（Régine ROBIN, 1939-2021）、アラブ系のアブラ・ファルード（Abla FARHOUD, 1945-）などは草分け的存在で、九〇年代以降は、中国系のイン・チェン（Ying CHEN, 1961-）や日系のアキ・シマザキ（Aik SHIMAZAKI, 1954-）など、アジア系作家の活躍も目立つようになる。国を追われるようにして到着した者、ヨーロッパを経由して辿り着いた者、より大きな表現の自由やより多くの読者を期待してやって来た者など、ケベックを選んだ理由はさまざまだが、彼らが書いたものがしばしば「移住（者）のエクリチュール（écriture migrante）」と呼ばれることはすでに見た通りである。(5)「エクリチュール」が「書く行為」や「書かれたもの」を指すことはもはや説明するまでもなかろうが、ロベール・ベルエ＝オリオル（Robert BERROUËT-ORIOL）の定義には、出身国とホスト社会、過去と現在がエクリチュールのうえを往復するうちに場所や時間の固定性がうすれ、書く主体が「移住する」だけでなく、書かれたものまで「移住する」可能性が示唆されていた。ラフェリエールの「漂流」の感覚や「旅人」の意識は、「移住（者）のエクリチュール」の本質に結びついている。

一つの世界から
もう一つの世界に行くのに
もう眠りさえ
必要ない。
境界線があまりに
ぼんやりしてしまったので、
自分がどちらにいるのか
もう分からない。
しかし、こんなふうに
番人も置かずに
時間の柵を開けたままにしている
レグバはいったいどこにいるのか？（九六–九七頁）

移民作家は出身国の記憶を語ったり、ホスト社会での体験を綴ったりすることによって、読者を異国に誘ったり、あるいは「他者」との共存のしかたについて示唆したりする。ケベックはもともと人口が多くないうえに、近年は他の欧米社会の例に漏れず少子化も進んでいるため、移民を受け入れることが成長の前提となる地域である。そのための戦略として、移民作家たちが積極的に受け入れられ、彼らの創作活動が後押しされる。かつて『漂流《デリーヴ》』誌のメンバーたちが提唱した「間文化性」が、長い年月をかけて現在では政治の局面でも推奨されるようになってきている。カナダ連邦政府が七〇年代から提唱する「多文化主義《マルチカルチュラリズム》」を修正するかたちで打ち出された「間文化主義」を一言で定義するのはむずかしいが、フランス系の人々の文化を核とし、フランス語を意志疎通の手段としながらも、「他者」との積極的な交流と共存に価値を置くゆるやかな統合の理念としてとらえることができる。(6) 残念ながら二〇二〇年のコロナ禍で活動を停止してしまったシルク・ドゥ・ソレイユは、動物をいっさい使わず、バレエ、体操、演劇、オペラ、ロックなどの要素を自在に組み合わせ、プロジェクション・マッピングをはじめとする最新テクノロジーをも駆使して総合芸術を生み出すサーカス団として日本でもファンが多かった。この一団がモンレアルに本部を置いて世界各国で興行を開始したのは一九八四年である。日本の元オリンピック選手も含めて、世界の五〇を超える国や地域からアーティストたちを募り、衣装から大道具まですべて自前という総勢五〇〇〇人のカンパニーほど間文化性を体現していた集団もあるまい。そのような流れの中で、フランス語で書く移民作家にたいする期待は当然のことながら高まり、ケベックでは、中学・高校の国語の教科書の中でも彼らの作品が「移住（者）のエクリチュール」として大きく取り上げられている。ダニー・ラフェリエールが一〇年近い作家修行の後、『ニグロと疲れないでセックスする方法』

（一九八五年刊）で華麗にデビューを果たしたのも、まさしくそのような状況下だった。

ケベックで売れっ子になったラフェリエールはその後、静かな執筆環境を確保する意図もあったらしく、九〇年代には家族で米フロリダ州マイアミに居を移し、南北アメリカ大陸を舞台にした作品を次々と発表していく。それら一〇巻は『アメリカの自伝』（*Autobiographie américaine*）という総称で呼ばれている。

二〇〇二年にモンレアルに戻り、二〇〇九年には『帰還の謎』によってモンレアル書籍大賞とフランスのメディシス賞をダブル受賞。そして二〇一三年十二月、アカデミー・フランセーズ会員に選出される。ハイチ人、ケベック人、カナダ人のいずれとしても初めてのことである。このニュースにハイチのマルテリー大統領も、ケベック州のマロワ首相も、さらにカナダ連邦政府のハーパー首相も、真っ先に祝辞を送ったことを記しておきたい。それればかりか、ケベックでは、「いったいダニー・ラフェリエールはほんとうにケベック作家なのか？」といった半ばやっかみともとれそうな論争まで巻き起こったが、そのこと自体、話題性があったことの証拠だろう。十七世紀以来フランス語の規範づくりを担ってきた権威ある（しかしいささか旧態依然の感も否めない）アカデミー・フランセーズが、これまで以上にフランス語圏世界と手を携えていくことの必要性を認識しはじめていることは間違いない。一方、カナダの一州でありながら、独自のネイションを主張するケベックが多様な価値観に開かれた社会であることを世界に知らしめ、なおかつ、一八〇四年というきわめて早い時期に自力で独立を果たしたものの、そのために今日なお経済的な後遺症に苦しんでいるカリブ海の黒人共和国がその存在をアピールするうえで、人気作家ダニー・ラフェリエールに期待されるものはきわめて大きいのである。

おわりに

『甘い漂流』は、故郷にいれば不自由しなかった衣・食・住と引替に手に入れた身の安全と自由に満足しつつも、モンレアルに根づく前の身寄りのない青年が北米の大都会で経験した一年間の「漂流」を記録したものである。ハイチから逃げ延びて辿り着いたモンレアルで、住まいにも食べ物にも困窮してはいたが、さりげない気遣いを見せてくれる人々に囲まれてなんとか定住の目途がついたわけだ。三〇余年後、モンレアルの町を歩いていて知らぬ者がいないほどの人気作家となったラフェリエールにもこのような時期があったと思うと、感慨深いものがある。

現在では、筆者も含めて、日本の読者がラフェリエールと同様の「亡命」にかぎりなく近い心境をみずから味わう機会は稀かもしれない。が、であればこそ、他者の体験に耳を傾けることの意義は大きいのではないだろうか。グローバル化の中で、日本国内にも、異なる文化的背景をもつ人はますます増えている。

故郷を離れて

別の国に行き、
劣った状態で
すなわち保護ネットなしで
故郷に戻ることもできずに
生活することは
人間の大冒険の
究極のものであるように思える（三〇五–三〇六頁）。

という一節がまことに印象深い。ハイチを後にし、ケベックを経て、現在ではアカデミー・フランセーズ会員として、家族の住むモンレアルとのあいだを頻繁に往復しつつも一年のかなりの部分をパリで過ごすようになったラフェリエールの魅力の一つは、まさにこの作家に内在する、どこにも立ち止まらない「漂流」の意識にあるように思われる。

註

（１）*Chronique de la dérive douce*, Paris, Grasset / Montréal, Boréal, 2012.〔邦訳：『甘い漂流』（小倉和子訳）藤原書店、二〇一四年〕。タイトルを直訳すれば「穏やかな漂流の年代記」だが、本稿では拙訳に従って『甘い漂流』と表記する。

（２）前掲『甘い漂流』四一頁。以下、同書からの引用については直後に頁数のみ記す。

（３）Jean JONASSAINT (sous la dir. de) *Dérives*, 1975-1987.

（４）第一章参照。

（５）第五章参照。

（６）「間文化主義」の取組みについてはすでに多くの研究があるが、ジェラール・ブシャール『間文化主義—多文化共生の新しい可能性』（丹羽卓監訳）彩流社、二〇一七年、他を参照せよ。

第八章　イン・チェンの小説における象徴性
――『岸辺は遠く』

Ying Chen,
La rive est loin,
Boréal, 2013.

はじめに

イン・チェン（Ying CHEN, 1961-）は現代のフランス語カナダ文学を牽引する移民作家の中でももっとも注目されている作家の一人である。上海に生まれ、復旦大学でフランス語とフランス文学を学んだあと、天安門事件が起きた一九八九年にモンレアルに移住し、名門マギル大学の創作学科で修士号を取得。その後、九〇年代初頭から次々と作品を発表する。時代はちょうど、ケベック社会にさまざまな出自の移民が増え、「間文化主義（interculturalisme）」が重要な概念になり始めた頃で、その流れの中で移民作家が書いた「移住（者）のエクリチュール（écritures migrantes）」が歓迎されるようになる時期と重なる。ケベックの「間文化主義」や「移住（者）のエクリチュール」についてはすでに紹介してきたので[1]ここで繰り返すことは避けるが、彼女はアジア系の移民作家の中でももっとも注目されている一人であり、フランスでも高い評価を得ている[2]。

二〇一三年にモンレアルのボレアル社とパリのスイユ社から同時発売された彼女の一〇作目の小説『岸辺は遠く』（*La rive est loin*）は、小説としてはきわめて象徴性が高く、詩的な色彩すら帯びた作品である。場所や人物を特定できる固有名詞をいっさい排したこの作品はもはや、多くの移民作家たちに見られるような出身国の文化とホスト社会の文化のあいだでの対話を試みているようには思われない。むしろ、時空を超えて問いかけられる人間存在の根源的な問題を直に扱おうとしているかのようだ。

本章では、二人の主要登場人物（夫と妻）の独白や彼らを取り巻く風景の描写を分析することによって、この作家の小説世界における象徴主義的性格を明らかにしたい。

小説の概要

この小説は日本ではまだほとんど紹介されていないので、まずは全体を概観することから始めたい。二〇章から成る本作品では、中年夫婦のそれぞれの声が各章ごとに交互に現れる。『不動の者』（*Immobile*, 1998）、『海の中の畑』（*Le Champ dans la mer*, 2002）、『種』（*Espèces*, 2010）など、イン・チェンの小説にはしばしば考古学者で大学教授というプロフィールをもつ夫が登場するが、『岸辺は遠く』も同様である。脳腫瘍に冒され、視力を失いつつある彼は、ここではたんに「A」とだけ呼ばれていて、偶数章で語っている。一方、妻のほうは、名前もイニシャルももたない。夢見がちな彼女は奇数章と最終章（第二〇章）で語る。交互に登場するとはいえ、この二人のあいだに「対話」は成立していない。夫婦の日記体小説としておそらく最初に思い浮かぶのは谷崎潤一郎の『鍵』だが、そこに見られるような、互いが読んでいることを承知のうえで知らぬ顔で書き進んでいくという技巧も、ここにはない。二つの声は相手を引き継いで語るわけではなく、交差することもなく、ただ平行線を辿るだけだ。とはいえ、これまで女性の独白が専門だったイン・チェンの小説に男性の声が登場したことは特筆にあたいするだろう。

『岸辺は遠く』では、過去・現在・未来のあいだを時間が目まぐるしく行き来する中、震災によって破壊された河の両岸の惨状が描写される。しかしながら、向こう岸の町は急速に再建され再生するのにたいして、河のこちら側は長いあいだ災害の後遺症に苦しむことになる。

夫は病院で何度か検査や治療を受けるが、結局、自分が不治の病に冒されていることを知るにいたる。彼は自宅に戻り、調査旅行から持ち帰った骨や石が積み重なる地下室に閉じこもる。そして、もともと「骸骨」のように細かった妻も、ついには彼の「収集品《コレクション》」の一部になる決意をする。

以上が『岸辺は遠く』の概要である。そこで生起することはごくありふれたことばかりだ。中年夫婦のコミュニケーションの欠如（不可能性）、妻の想像によれば、夫が研究所の若い女性助手ともったにちがいない不倫関係[3]、職場における研究者どうしのライバル意識や足の引っ張り合い、夫の病気が発見されたあと夫婦で出かける散歩、間もなく相続することになる遺産の分け前にしか関心を示さない親族たちが開く家族会議、そして人生の終わりが近づいてから夫婦を近づける伴侶の病気…。しかしながら、イン・チェンがきわめて象徴的な独自の小説空間を構築するのは、まさにそのような平凡な一連の要素からである。地震とはいったい何なのか（何を意味しているのか）？　河の向こう岸はどのように描かれているか？　脳腫瘍とは何を表現しているのか？　夫の病気の進行につれて、夫婦の関係はどう変化していくか？　視力が衰えていく目で、夫はいったい何を見るのか？　この小説を読み解くために、多くの問いが発せられることになるだろう。

夫婦のアイデンティティ・腫瘍

まず、この夫婦がどのように描かれているか、確認しよう。「不調和（dysharmonie）」[4]がおそらく五十代のこの夫婦を形容するもっとも適切な言葉だろう。妻は骸骨のように細く、夢見がちで、地に足がついていない。それにたいして夫のほうは、科学者らしく現実主義的で、自信家で、体格もがっしりしている。互いに正反対で、いかなる共通点もないのに、彼らはある日、電車の中で偶然出会い（四九頁）、結婚して、これまでまがりなりにも結婚生活を続けてきた。

その夫婦の関係に亀裂が生じたのは、無能なベビーシッターに預けた子どもが行方不明になったときからのようだ[5]。それからというもの、妻はいっそう夢想世界に閉じこもるようになり、夫は（科学者らしい興味も手伝って）彼女の心の内を解明しようと彼女に近づくのだが、その努力は空しい。腫瘍が彼の脳に取り憑くのはその頃からである。腫瘍は、彼自身がほのめかしているように（一二二頁）、子どもを失った後悔の念を象徴しているのだろうか。そうかもしれない。しかし同時に、彼にとっては理解不能な「他者」である妻への思い、近づこうにもかなわず、肥大・増殖しつづける彼女への思いの暗喩かもしれない[6]。この瘠せた「生き物」を占有し、自らの「収集品《コレクション》」の一部にしたと思っていた彼が、今や皮肉にも、それにとらえられ、「飲み込まれて（一二七頁）」いるのだ。「ミイラ取りがミイラになった」とでもいったところだろうか。

しかしそれだけではない。妻は夫の病気が発見されて以来、彼にたいして今までより優しい気持ちを抱くようになる。彼女は夫を散歩に誘い、二人で紅葉を愛でる。小説の終盤では、地下室に閉じこもって死を待つ夫の傍らで彼女自身も死を覚悟する。彼女は進んで夫の「収集品《コレクション》」の一部になろうとするのだ。

カミュの『ペスト』の例を待つまでもなく、文学の中で病はつねにそれ以上のものを意味してきたが、ここでも腫瘍はきわめて象徴的である。それは、言葉の字義通りの意味での病であるだけでなく、人がけっして解消することのできない悔恨の念を表現しているように思われる。それはまた、アイデンティティを内側から蝕み、その人間の生命までも脅かす異物としての他者性をも表しているのではないだろうか(7)。結婚生活が、新しい命を生み出すかわりに、それを奪い、二つのアイデンティティが互いを取り込んだ挙げ句に自らの死を招く。イン・チェンのメッセージはかなり悲観的だと言わざるをえない。

夢想・犠牲

ところで、夢と夢想は、イン・チェンの他の多くの小説におけると同様、本作でも特権的な位置を占めている。夢想はまず妻の得意分野である。すばらしい「夢の器具」である「肘掛け椅子」

（二一五頁）に沈み込んだ彼女は、しばしば夫を置き去りにして一人で生まれ故郷の村に戻り(8)、そこで彼女の初恋の相手「V」を思い起こす。彼は現在の夫によく似ているが、実在の人物かどうかはきわめて怪しい。一方、夫のほうも、科学者で現実主義者であるにもかかわらず、妻の夢想に入りこもうとして自分も夢想家になる。脳腫瘍が大きくなると、視力が低下し、多くの幻想が彼の頭をよぎるようになる。妻とは正反対の性格だったはずの彼が、妻に似てくるのである。彼は「妻と生活しすぎたせいで、ときどき私は自分が何者だか分からなくなる（五〇頁）」という。視力を完全に喪失すると、彼に見えるのは山の影だけになる。

奇妙な挿話が展開するのはそのときである(9)。彼は干魃と飢餓に苦しむ山の住人たちが自分に近づいてくるのを見る。山の神の怒りを鎮めるため、村長は寡婦「M」の赤ん坊を犠牲に差し出すことを決心する。泣きじゃくる母親のそばにいる考古学者は、その赤ん坊を山頂まで運んでやろうと彼女に申し出る。

この挿話は何を意味するのだろうか？　この赤ん坊は誰か？　考古学者はなぜこの任務を引き受けるのだろう？　赤ん坊は彼自身が亡くした子どもの分身なのだろうか？　山を登る行為は、彼が間もなくおこなうことになるあの世への旅立ちと関係しているのだろうか？　間もなく寡婦になるはずの彼の妻は、この挿話の寡婦と関わりがあるのだろうか？　夢幻的な情景を前にして、問いは尽きない。

地震・風景

「地震」の象徴的価値についても考察したい。この外界の惨事は考古学者の体内を襲う危機、さらには夫婦を襲う悲劇と無関係ではないだろう。内的変動はこうして、外界、とくに河の両岸の崩壊によって表象される。しかしながら、その後、それぞれの岸に起こることのあいだにははっきりとした差異が認められる。向こう岸については、以下のように読むことができる。

私たちの町と比較すると、河の向こう側では少し前に地震が起こったにもかかわらず、正面の町はすばらしく元気で、日に日に発展し、耕作可能な土地は最後の一画まで買われて、まもなく新しい建物が建ちそうだ。そこには平和がみなぎっている。屍の上につくられ、血で養われる庭には美しい花が咲く。繁栄が限りなく続く。崩壊の兆しはみじんもない。天国が存在し、進歩は可能なのだ（一四–一五頁）。

これは「三途の川」やギリシア神話の「ステュクス川」を渡った死者たちがそこで永遠の生を獲得すると考えられている「彼岸」または「来世」への暗示なのだろうか。たしかなことは、そこでは、破壊がより豊かな再生の契機になっているということである。舟でそこに向かおうとしている乗客たちの声が群衆の中を交錯する。

――建てるのは簡単さ。
――でも壊すのは難しい。
――直すのは、最初から建てるより高くつくな。
――取り除くのは、付け足すより高くつくよ（八六頁）。

世界は、いったん完成してしまうと造り直すのが容易ではない。しかし地震が過去を一掃し、その災厄そのものから出発して、新しい、より豊かな生活を準備することになるだろう。だが、イン・チェンが描く向こう岸は、人々が通常「来世」について思い描くような穏やかなものではない。そこは、彼女が二〇年以上前に離れた上海の町のように躍動感あふれ、並外れた繁栄を享受している場所である。ここにイン・チェンの犠牲の哲学、さらには仏教的な輪廻思想の一端を垣間見ることができるかもしれない。『不動の者』でも、王子の四度目の結婚式のときに奴隷「S」が生贄に捧げられたことを思い出そう。[10] 先ほど引用した一節（「屍の上につくられ、血で養われる庭には美しい花が咲く」）が語っているように、犠牲になった命は、向こう岸で、より豊かで繁栄した新しい生を期待させる。

風景描写は小説全体を通じて繰り返し現れる。ある秋の晴れた土曜日、夫婦は数年前に子どもと一緒に訪れた場所にふたたびやって来る。妻はこう言う、「見て、以前とまったく同じ風景よ！

（六八頁）」それ以来、彼らは子どもを亡くし、代わりに夫の病気が見つかった。しかし風景だけは不変だ。枯葉が大地を覆い、それらはまもなく新たな生のための腐植土となるだろう。そのようにして、永遠の中で季節が循環する…。このような、ほとんど夢幻的といってもよい景観を前にして、夫婦は自分たちが「風景の一部になる」ことを願う。車の中で夫はこう言う。

私たちは一瞬たがいを見合わした。妻の眼の中で、私たちの車が山の中心部を飛び回る明るい煙に変わるのを見た。遠くから見ると、それは光の糸を引く太陽にも似ていた。私たちは自分たちが風景の一部になっていることを確信していた（六九頁）。

「世界＝文学」へ

駆け足ながら、この作品の主要人物である夫婦の言動に焦点をあて、彼らと夢想の関係や、彼らを取り巻く風景を概観してきた。最後に、この小説の形式面をもう一度確認しておきたい。すでに見たように、二〇章のうち、奇数章と第二〇章では妻が語り、その他の章は考古学者が語っている本作は、外見的にはすっきりした構造をもっている。しかし、そうした単純な外観にもかかわらず、中身はかなり複雑だ。二人はそれぞれ思いのままに語って（書いて）いて、いかなる連続性も保証されていない。近い、あるいは遠い過去と現在、未来が隣り合っており、現実（当然のことながら小説内での、ということだが）がそれぞれの登場人物の夢想世界と重なり合う。時の中にも場所の中にも支点はまったく見つからず、しかも、その流動性は、場所や人物を特定する固有名詞の不在によってさらに強調されることになる。

この小説のもう一つの特徴は明確な虚構の枠組が存在しない点にある。もっとも、それは前述の固有名詞の不在とも関わることだが。乱暴な言い方をすれば、小説と詩のもっとも大きな違いは、小説が明確な虚構の枠組の中で展開されるのにたいして、詩はそれを持っていないという点にあると言えるだろう。だとすると、『岸辺は遠く』は小説より詩に近いことになる。では、通常の小説とのこの乖離は何に起因するのだろう。

上海出身のイン・チェンは二十八歳のときに、モンレアルに留学し、そのまま作家として活動するようになる。彼女の初期の小説、『水の記憶』（*La Mémoire de l'eau*, 1992）や『中国人の手紙』（*Les Lettres chinoises*, 1993）、『恩知らず』（*L'Ingratitude*, 1995）などは先述の「移住（者）のエクリチュール」の性格をよく表していた。彼女は、自分の出身国である中国の情景や風習を喚起し、その文化をホスト社会の文化と比較しながら、双方のあいだでアイデンティティが引き裂かれる人物をしばしば描いていた。

しかし、イン・チェンはその後二〇〇三年にヴァンクーヴァーに移住し、[11]パリに滞在することも増える。それ以来、彼女の作品から「移住（者）のエクリチュール」の色彩は薄れてくる。二〇一四年に刊行された『山々の緩慢さ』（*La lenteur des montagnes*）は移民女性が物心のついた息子に語る長い手紙の体裁をとったエセーだが、彼女はそこで、自分がなぜ母語でない言語で書き続けているのか、移民の多いカナダ、それもアジア系が多く住む西海岸においてなお「移民二世」のレッテルを貼られることが皆無ではない社会の中で、中国系であることもカナダ人であることも自ら選び取ったわけではない二人の息子たちにどう生きてほしいのかなど、日常生活の中では語りきれないさまざまなことを吐露している。[12] 中国系の作家が英語圏のヴァンクーヴァーに住みながらフランス語で書くことは、モンレアルにいてフランス語で書くこと以上に人為的な作業だ。場所や人物を特定するレフェランスが希薄な作品を書くようになったのは、そのことと無関係ではないだろう。現実と一定の距離を保ち、遠景に退かずには書き続けられないという移民作家の条件。[13] 彼女はそれを「トンネル」の中で書いているようだ、とも言い表す。[14] 地下に潜り、静けさと闇が支配する閉鎖的空間で、しばしば夢想や瞑想にとらわれながら書く行為。そこには当然のことながら、彼女が二十代まで過ごした中国の古典文学や哲学の遺産も入り混じってくることだろう。

イン・チェンの最近の小説を読むと、たとえばアンヌ・エベール（Anne HÉBERT, 1916-2000）のいくつかの作品に近いものを感じさせられることがある。[15] それらの小説は、現実から距離を置いている分、夢幻的な空間において、人間存在の根源的な問題をいわば「原型」として取り上げている。読者は、自らの状況に照らしてそれらの象徴的で喚起力に富む小説を味わう余地がある。もしもイン・チェンを待ち受けるある種の危険があるとすれば、それは、あまりに夢想の空間を広げすぎたせいで、彼女が現実社会との交渉を絶ち、内面世界に閉じこもってしまう傾向があることではないだろうか。

一九九〇年から毎年サン＝マロで文学フェスティヴァル「驚異の旅人たち」を開催し、「世界＝文学 littérature-monde」を提唱するミシェル・ル・ブリス（Michel LE BRIS, 1944-）は、各国からこのフェスティヴァルに集まる多声的で脱中心的な作家たちの文学を「世界について語り、実存に意味を与え、人間の条件について問い、各人を自らのもっとも秘かな部分へと導く野心を取り戻す(16)」文学と呼んでいる。イン・チェンがそれをどこまで意識しているかは定かではないが、筆者にはむしろ、彼女が志向しているのがル・ブリスのいうところの「世界＝文学」に近いように思えてならない。出自の文化とホスト社会の文化のあいだで揺らぎながら書いていた初期の作家は、移住先での生活が長くなるにつれて、みずからの内でどちらの文化も変容し、融合していくのを実感するはずである。「移住（者）のエクリチュール」の書き手が、次第に「中国系ケベック作家」ではなく、ただの「作家」として書きたいと望むようになるのは自然の成り行きであろう。彼女はE・グランジュレーのインタヴューに答えて「私はケベックに住んでフランス語で書く中国人ではありません。書くことを選びました。それだけのことです」と言っている(17)。

おわりに

『岸辺は遠く』は示唆に富む哲学小説である。平凡だが衝撃的なテーマを扱いながら――というのも、死に至る病は夫婦の生活に衝撃を与えるが、結局のところ誰もが一度は経験する運命にあるのだから―イン・チェンの作品は多少倦怠感を感じ、互いを理解できなくなってはいるものの、目に見えぬ絆で結ばれた夫婦の深い様相を読者に提示してくれる。

岸辺、地震、考古学という職業、骸骨、腫瘍、盲目、紅葉の風景、河、舟などは象徴的負荷がきわめて高い語であり、その一つ一つがイン・チェンの小説世界を比類のないものにしている要素である。

圧倒的な英語圏である北米大陸の一角に残ったフランス語社会としてのケベック州が、イン・チェンのようにフランス語で書く移民作家の存在を通して間文化社会の創造に取り組んでいる姿勢の一端がここにうかがえるのではないだろうか。

註

（1）本書第一章、第五章、第七章他参照。

（2）ケベックだけでなく、フランスの出版社からも刊行されていて、中でも二〇〇〇年代以降の著作はパリの大手出版社スイユから同時発売されている。

（3）前作の『種』で詳しく描かれている。

（4）*La rive est loin*, Boréal, 2013, p. 8. 以下、同書からの引用については、直後に頁数のみ記す。

（5）*Un enfant à ma porte*, Boréal, 2008 で触れられている。

（6）夫の親族は、彼の病気の原因は妻にあると考えている（一二八頁）。

（7）ドゥニ・アルカン監督の *Invasion barbare*, 2003（邦題『みなさん さようなら』）は末期癌をわずらった歴史学の大学教授を主人公にした映画だが、そこで癌が「野蛮な侵入」と呼ばれていることを思い出すこともできるかもしれない。

（8）第四章参照。生まれ故郷の村の風景は『海の中の畑』に詳しい。海とトウモロコシ畑の風景は上海のものだろうか？

（9）第十二、十四章参照。

（10）Ying CHEN, *Immobile*, Actes Sud, 1998, p. 127.

（11）詳細は不明だが、家庭の事情らしい。

（12）このエセーは二人の息子 Lee と Yann に捧げられている。

（13）Voir *La lanteur des montagnes*, pp. 93-94.

（14）*Ibid.*, pp. 54-57.

（15）とくに、女性主人公が内面の世界に沈潜していく様子や、『光の服』(*Un habit de lumière*) や『シロカツオドリ』(*Les fous de Bassan*) で収斂することなく複数の声が交差する点には共通性が感じられる。

（16）Michel LE BRIS et Jean ROUAUD (sous la dir. de), *Pour une Littérature-monde*, Gallimard, 2007, p. 41.

（17）Christiane ALBERT, *L'immigration dans le roman francophone contemporain*, Karthala, 2005, p. 66.

第九章　ケベックの先住民社会
――ナオミ・フォンテーヌ『クエシパン、あなたへ』

Naomi Fontaine,
Kuessipan : à toi,
Mémoire d’encrier, 2011.

はじめに

間文化《アンテルキュルチュレル》社会を標榜するカナダ・ケベック州において、住民の約八割を占める仏系と、少数派の英系、そしてネオ・ケベコワとも呼ばれるさまざまな出自をもつ新規移民たちとの共存については、すでに社会学、政治学、教育学、文学、芸術等の分野で多くの研究が行われ、実践もされている。しかし、これらのどの集団よりも早く、多くの人類学者たちが認めるところによれば、今から三〜一万年前にベーリング海を渡ってシベリアからやってきてこの地に住み着いたとされる先住民たち(1)との関係についてはどうだろうか。文学に関するかぎり、先住民たちが文字を使って自らを語るようになり、ケベック社会がそれに関心を向けるようになったのは、今世紀にはいってからのことにすぎない。先住民たちはそこで何を語り、読者たちはそこから何を汲み取ろうとしているのだろうか。

本稿では、アメリカ・インディアンの一部族であるイヌー(Innus)(2)出身の若手女性作家ナオミ・フォンテーヌ(Naomi FONTAINE, 1987-)が二〇一一年に発表した『クエシパン、あなたへ』(*Kuessipan : à toi*)を例にとり、そこに描かれた居留地(réserve)の情景や、同胞に語りかけるフォンテーヌの口調、彼女が同胞やケベック社会と築こうとしている関係について考察したい。

ケベックの先住民とナオミ・フォンテーヌの生い立ち

まずは、ケベック州に住む先住民やナオミ・フォンテーヌの生い立ちについて概略を紹介しておきたい。

現在、ケベック州に住む先住民は約一〇万人と言われている。[3] カナダの先住民にはアメリカ・インディアン（自らは「ファースト・ネーションズ」と呼ぶ）、イヌイット、メティス（インディアンまたはイヌイットとヨーロッパ系住民の混血）がいるが、イヌーはインディアンのアルゴンキン語族に属する一集団であり、多くはサグネからコート・ノール地方、さらにラブラドール半島東部にまで住み着いている。十六世紀半ばにフランス人探検家のジャック・カルティエ（Jacques CARTIER, 1491-1557）がサンローラン河を遡ることに成功し、その後、十七世紀にはこの地にヌーヴェル＝フランス（新フランス）と呼ばれるフランス国王直轄の植民地ができるが、イヌーはヒューロン・インディアンと並び、当初からヨーロッパ人ともっとも接触が多かった部族の一つである。[4]

ナオミ・フォンテーヌは一九八七年に、ケベック市からサンローラン河を二五〇キロほど下ったコート・ノール地方のセティル（Sept-Îles）にあるウアシャット（Uashat）[5] のインディアン居留地で生まれた。母親が彼女を身ごもっていたときに父親が交通事故で死亡したため、父の顔を知らずに生まれ育った。[6] 彼女が七歳のとき、母親が「子どもたちの人生にチャンスを与えるため」一家で居留地を出てケベック市への移住を決断する。ナオミはケベック市の学校に通い、その後、名門のラヴァル大学でフランス語教員の資格を取得し、居留地に戻って中等教育機関でフランス語教員を務めながら創作活動に従事する。後にケベック市に戻って大学院に進学している。

本稿で取り上げる『クエシパン、あなたへ』は二〇一一年、彼女が二十三歳で発表した「小説」である。若書きながら、翌年のフランコフォニー五大陸賞の候補作として残った一〇点のうちの一点で、モニック・デュラン（Monique DURAND）の言葉を借りれば、ケベックの文学界に「小さな地震」を引き起こした。[7] ハイチ出身のケベック作家で、アカデミー・フランセーズ会員でもあるダニー・ラフェリエール（Dany LAFERRIÈRE, 1953-）は、メモワール・ダンクリエ社から刊行されたこの本の表紙に「これは標的の中心（cœur）、すなわちわたしの心臓（cœur）を射るために、標的を見る必要すらない射手による本だ」と、手放しの賛辞を送っている。そこに描かれているこ とには脚色された部分も含まれているため「小説（フィクション）」と銘打たれているが、ストーリー性に重きが置かれているわけではなく、むしろイヌーの生活ぶりや風景がスケッチのように切り取られ、断章形式で綴られた作品である。タイトルにある「クエシパン」はイヌー語で「あなたへ」、「あなたの番」という意味である。フォンテーヌが語りかける相手である「あなた」とはいったい誰で、彼女は何を語りかけるのだろうか。

居留地

十八世紀半ば、新大陸における仏系と英系の激しい抗争の結果、英国が現在のカナダの地を統治するようになると、各地にインディアン居留地が設けられるようになる。ヨーロッパその他の地域からの入植者たちが入ることのできない、ファースト・ネーションズ専用の土地である。(8) 一八七六年には最初の「インディアン法」が定められ、認定インディアンは定められた居留地に住むことを条件に、住宅や教育、生活費の扶助を政府から受け、税金も免除される。(9) 現在では居留地の外に住む先住民も年々増え、居留地自体の生活条件も徐々に改善されてきているとはいえ、保護と特権享受が表裏一体となった、このきわめて閉鎖的な空間がさまざまな問題を抱えていることは否定できないだろう。よく指摘されるのは、アルコール依存症、麻薬中毒、失業率の高さ、家庭内暴力、自殺などである。ナオミ・フォンテーヌは居留地から大都会に出てきた「青白い顔の」一人の青年に次のように語りかける。

大都会では、誰でもない人になるのはずっと簡単ね。あなたがすれ違う人々は皆、あなたのことを何も知らない。あなたのことをぼんやりと見るだけで、何か別のことを考えている。居留地という、あなたのことやあなたの家族、友だちのことを知っている村を離れて、この町の虚無の中で見知らぬ人として暮らすようになってようやく数カ月。あなたのアパートはあなたのもの。ただ同然で買った使い古しの家具も然り。台所の隅にある丸い木製のテーブル。座る人のいない二脚の椅子。青いフェルト製の長椅子。ブンブン唸って、食糧を冷やすかわりに凍らせてしまう冷蔵庫。部屋には、近所の建物の正面に面した窓がある。夜は、高速道路を走る車の音が聞こえる。それは以前あなたが住んでいたところとは違う。(10)

読者は最初、「あなた」がなぜ居留地を離れ、大都会で一人暮らしを始めたのか知らない。多くの若者同様、都会にあこがれを抱いて、新天地で生活を始めたのだろうくらいにしか考えない。しかし、じつはこの青年が「痩せて、頬がこけ、見つめられたくないので、自分も相手を見つめようとしないおどおどとした目つき(二九頁)」をしていることはこの断章の冒頭から明らかにされている。新しいことに挑戦しはじめた人間にしては、あまり高揚感が感じられない。ホームシックにでもかかっているのだろうか。

新居となったアパートの詳細な描写に続くのは、過去の暮らしと現在のそれとの執拗なまでの対比である。住人全員が自分のことを知っていた親密で閉鎖的な空間と、自分のことを知る者がいない、自由と孤独と自己責任の世界。フォンテーヌは「あなた」に次々と、兄弟や級友たちと遊んだ少年時代や、島の海岸で「無限」と向き合ったキャンプのこと、十二歳ではじめて体験した「ブラックアウト」などを想起させていく。そして読者は次第に、居留地の若者の鬱屈した感情や、先の見えない曖昧な現実から目をそらせようとしておぼれていくアルコールや麻薬などの実態について、静かな文体の中で知らされていくことになる。

ある晩、あなたは脇腹、お腹の下に、言うに言われぬ痛みを感じた。それは身体を突き刺す金属の棒のようだった。あなたは病院でたくさんの検査を受けた。すぐに悪いところが見つかった。肝臓だった。破壊されていた。肝臓が大人しくしているのをよいことに酷使されたせいで、耐えきれなくなったのだ。今や、即刻やめなければならなかった。あなたは二十歳になっていた(三一―三二頁)。

かくして「あなた」は「他所でやり直すこと、試してみること、頑張ってみること。生き残るために治療すること。自分自身の身体から生還すること(三二頁)」を試みることになる。フォンテーヌは居留地出身とはいえ、幼少期にそこを離れ、都会で育ったため、居留地の現実をある程度距離をもって眺めている。とはいえ、自分もまた同胞なので、その視線はけっして突き放したものではない。内部にいる者が抱く感情と外部の者がもちうる客観的な視線のはざまで、そこを往復しながら書いている。居留地の現実を「告発」するわけではなく、しかしことさらに覆い隠すのでもなく、淡々と言語化しながら青年に「やり直し」の機会を示唆し、「自分自身の身体からの生還」を期待する。

しかし、「やり場のなさ」を感じているのはこの青年にかぎったことではない。家族のいるもっと上の世代も同様の感覚を味わっている。生活保護で暮らす男性が描かれている断章を見てみよう。彼は毎日、妻が子どもたちに叫ぶのを聞き、彼女がつくった味気ない食事をすることに飽き飽きしている。彼の日課はテレビの前で昔の映画を見て過ごし、時々コンビニに牛乳を買いに行くか、近所の家でマリファナたばこを吸うことだけだ。保護され、衣食住には事足りても、自分が社会で有用であるという実感のもてない人間の悲しみが直截に伝わってくる（六〇頁）。狩猟、罠猟、漁労などで生計を立てていたかつての伝統的な暮らしの中では、男たちは長期間家を留守にしても、家族をその後何ヵ月も養えるだけの肉を持ち帰る英雄であり、家族を愛し、養う一家の主としての使命感をもっていた。ところが、伝統的な生活様式が崩れ、「保護」という名のもとに、白人によって押し付けられた現代的な生活様式が共同体の中に入ってくると、労働の場も減り、義務感も薄れ、自己の尊厳を模索しなければならなくなる。それは、男女を問わず居留地の住民全体にかかわる問題だが、部族の滅亡を食い止めるために一人でも多くの子どもを産み育てるという役割を意識的・無意識的に担っている女性たち(11)以上に、男性たちにとっては深刻だ。その意味でも、彼らは一度自分たちのルーツを振り返ることが不可欠である。

先住民たちの伝統的生活

フォンテーヌは先祖の土地に暮らしていたアニカシャーンという名の老人[12]に語りかける。彼は「川や木々の名前、山々や谷、薬草や毒草の名前をそらんじることができ、風や季節、湿った雪や粉雪に名前をつけることができる（七九頁）」老人だ。妻に先立たれ、みずからの死期も遠くないことを自覚しながら、多くの孫や曽孫たちに囲まれて暮らしている。彼は、かつては猟師としてトナカイを撃ち、その皮を鞣して、みずから伐採したトウヒでつくった木枠にはめて民族の歌を高らかに奏でるための太鼓をつくったものだ。

そのような伝統的生活を営んでいたところに「町の人間たち」がやってきて、別の場所に居留地をつくるからと立ち退きを命ずる。[13]従順にしたがう者もいるが、アニカシャーンは「挑戦、愛着、誇りからこの一片の土地を離れることを拒んでいる。インディアンの二本の足でじっと立ち、お腹は恐怖で膨れながらも、勇気をもって、かつてこの国を征服した最初の住人がもっていたとても古い勇気で抵抗している（七九–八〇頁）」。

『クエシパン』の三番目のセクションのタイトルにもなっている「ヌーチミット」は、かつてこのアニカシャーンが暮らしていた土地である。[14]イヌー語で「土地の内部」を意味する。冬になると湖は凍り、道路として使われる。そうした場所で伝統的な生活を続ける先住民はもはやごくわずかだが、皆無ではない。彼らは湖に氷が張る季節、野ウサギやヤマウズラやトナカイを待ち構えて何日もテント生活をする。トナカイの絶滅を危惧してエコロジストたちが指定した「立ち入り禁止」区域に彼らは敢然と入っていく。なぜなら、エコロジストたちが心配しているのは未来の生態系だが、先住民たちが気遣うのは現在の自分たちの家族のことだからだ。「安楽な生活が提案されてはいても、家族に新鮮な肉を与えるために、彼らが凍った湖を走り回ることを止めたことはけっしてない（九五頁）。」彼らは仕留めた獲物を無駄にすることなく、すべて利用し尽くす。

獣は、敬意をこめて、死ぬまで一晩そのままにしておく。翌日、男たちがトナカイの脚、頭、脇腹を解体する。毛皮はとっておく。職人がそれを鞣して、袋やモカシンや太鼓を作るだろう。女たちは男たちがもってきた大きな切り身を小さく切り分ける。彼女たちは大切そうに骨をとっておく。あとでそれを茹でて、髄と脂をとるのだ。冷めれば、焼き立てのパンに塗られた脂は宴でみんながもっとも欲しがる料理になるだろう。何家族もの冷凍庫はすぐに〈アチック（トナカイ）〉の肉でいっぱいになるだろう（九五–九六頁）。

ノマド

このようにイヌーの伝統的な生活が喚起され、今なおそれを持続させようとする人々が存在するとしても、彼らが「自分は何者か」と自問せざるをえない状況に変わりはない。『クエシパン』の最初のセクションは〈ノマド（移動生活者）〉と題されている。かつてのイヌーたちは獲物を追って移住を繰り返すノマドだったとしても、そこはれっきとした自分たちの土地だった。ところが、居留地に「定住」するようになったことで、逆に借り物の土地で暮らしているという「放浪」感が強まる。加えて、フォンテーヌのように居留地と都会という二つの場所のはざまで生きる人間特有の漂流感覚もあるだろう。

幼くして居留地を離れ、都会で成長したフォンテーヌは、ある意味では、居留地に住む同胞以上に自分の出自を意識させられる機会が多かったはずだ。自分は仏系の多数派ではなく、英系の少数派エリートでもなく、同じ少数派でも、最近ケベックにやってきてケベック社会に溶け込もうとしている新規移民でもない。都会では「イヌー」として扱われ、居留地に戻れば「町から来た娘」と見られる。普通の子どもでいたくても、いつも特別視される。(15) そのうえ、運命のいたずらにより、父親の存在も知らないとなると、出自へのこだわりはいっそう強まるにちがいない。(16) したがって、ルーツを振り返る必要があるのがとりわけ男性たちだったとしても、女性たちもそれを完全に免れているわけではないのである。

フォンテーヌは、四十歳になって自分の本当の姿を見出した女性について語る。おそらくそこに自分自身の未来の姿を重ね合わせながら。その女性は「祖先の道筋をたどるために」ある体験旅行に出かける。「漕ぐこと、歩くこと、運ぶこと、キャンプすること、食べること、寝ること、立ち去ること、漕ぐこと、それが彼女の生活だった。彼女が一時選んだ生活。自分の祖先から借りたもの。選び取った後継者として（七六頁）」。数日間の強行軍の末、彼女は、暖かい部屋で目覚めて砂糖とミルクのはいったコーヒーを飲む安逸な生活が恋しくなる。そして鏡を取り出す。

出発して以来、初めて、彼女は自分が背後に残してきたものにたいするうぬぼれあるいは悔しさから持参していた四角い鏡を取り出した。自分の肌が日焼けし、髪はべたつき、眉毛はぼさぼさで、疲れたように見えた。こんな自分の姿を見ることに怒っていると、突然彼女の顔は豹変した。数秒間、彼女は馴染み深い意志の反映、自分の母親のものだと知っている眼差しを見たように思った。自分自身の顔の上に母親の目。挑戦、戦い、探求、しかしもうけっして敗北ではない。彼女は初めて、この新しい一日の動じることのない現実と結びついたように思われる過去の息吹を吸い込んだ（七五―七六頁）。

先祖の暮らしを疑似体験しようとして出た旅の途中で、それでも現代女性の「うぬぼれ」、あるいはささやかな自尊心から持参した「鏡」で己が姿を見る。するとどうだろうか？　そこに映っていたのは現在の自分ではなく、深い意志をたたえた母親の眼差しだったのだ。現在の自分が部族の歴史とつながった瞬間である。現代の安逸な生活に慣れた自分が先祖の暮らしに戻ることは所詮できない。にもかかわらず「彼女」にとってこの追体験は自分を肯定するために必要な儀式だった。遠い祖先とつながることで、ようやく未来を見据えることができるようになった「感謝」の瞬間だった。

過去の継承、未来への眼差し

過去とのつながりを回復することによって初めてもちうる未来に向かう意志は随所にうかがえる。居留地におけるイヌーの男性と白人女性の結婚式の場面を見てみよう。カナダにもケベックにもメティスは少なくないとはいえ、[17]白人女性がイヌー社会に入るのは稀なことだろう。

彼らは未開人のように互いを愛することを選んだ。法的束縛のない、純粋な愛。ずっと愛し続けます。恋人たちは招待客一人一人にそう繰り返す。彼らはその返事として感謝の気持ちであるかのようにうなずいてもらう。

薄紫色のドレスの娘は正装した恋人に自分の身体を押し付ける。彼女は彼を愛している(四二一四三頁)。

一つの社会が伝統を継承していくことは重要だが、現代においては外界との接触が不可避である。ケベック州はまさしくこの問題を問い続けて今日の間文化社会を築いてきた。十八世紀中葉の植民地戦争で英国に敗北して以降、仏系住民たちは英国の支配下に入り、その中で二〇〇年以上、言語（フランス語）と文化（カトリック）を守りながらひたすら「生き延びる」ことに腐心してきた。変化が訪れたのは一九六〇年代の「静かな革命」以降である。政権交代をきっかけにして起こったこの「革命」と呼んでもよいような、エネルギー、金融、教育等の主要分野における急速な改革・近代化のもとで、州の中で多数派だった仏系住民が事実上の主権を取り戻し、「我が家の主人」となった。と同時に、細々と、しかし純粋に生き延びてきた状況から一転して、異なるものに開かれ、それらを受け入れながら自らのアイデンティティをたえず更新していく必要に迫られるようになった。[18]このような歩みは先住民社会が抱えている課題とも共通する点が多いし、さらに言えば、異なるものどうしの共存という現代のグローバル化した社会全体に突き付けられている課題とも一致する。

先の引用に見た結婚式の場面は、結婚を宗教的ないしは国家的な契約の儀式とみる西欧文化と、その対極にあるとも見えるイヌー社会のしきたりとが「愛」の名のもとに結び合わされる場面だった。イヌーの結婚は、「サインすべき書類も、唱えるべき誓いも、長い挨拶もなしに」、ただ「スカーフと紐で互いの手を結ぶだけ（四二頁）」で完了する。愛し合う新郎新婦と、彼らと喜びを分かち合おうとする招待客の様子を描くフォンテーヌの筆致に一抹の不安がないといったら嘘になるかもしれない。しかし、祝宴の場における歓喜はそうした不安を掻き消しているように思われる。

過去と未来をつなぐのは、最後の断章に登場するニクスという名の子どもである。

おまえは湾の細かい砂の上に指先で一本の木を描くだろう。気晴らしといえば、波の寄せ返しがあるだけだろう。おまえの前方にある無限、空の青さにまでつづく流れに従う水。七月の暑い一日の平凡な穏やかさ。わたしが子どものころ泳いだ場所をおまえは見るだろう。土地でさえ人間の気まぐれで形を変える。豊かさをもたらさないものの無頓着さによって汚される水。おまえの幼年時代がわたしの七年間を力づけてくれるだろう。まばゆい物たちに向けられた新しい眼差し。おまえの笑い声はわたしの希望の木霊だろう。太陽はわたしたちのぼんやりした視線の下に沈むだろう。霧も、雨も、生き物を窒息させる重々しすぎる過去も、ない。わたしたちの将来の夢を取り巻く沈黙。岸辺と潮のそばに、わたしたちがいるだろう、ニクスよ（一一一頁）。

幼い息子とともに見るであろう故郷の風景。彼は海岸の砂の上に指先で絵を描いて遊んでいる。彼の前にあるのは波の寄せ返しと無限、空の青さにつながる海の青さだ。彼はフォンテーヌが居留地で過ごした最初の七年間の記憶をよみがえらせ、生き直させてくれるにちがいない。この断章がすべて単純未来形（〜だろう）で書かれていることに注目しよう。『クエシパン』はこのように、未来を志向し、未来に開かれたまま作品を閉じる。

おわりに

ナオミ・フォンテーヌの『クエシパン、あなたへ』は居留地の同胞たちに、あるときは二人称で語りかけ、またあるときは彼（女）らの置かれている状況を三人称でやや遠くから描いた一連のスケッチで構成されている。「わたし」と対象とのあいだにある距離は作家自身が自己を見つめるのに必要な距離でもある。フランス語で親しい相手に話しかけるときに用いられる代名詞《tu》やその強勢形の《toi》が多用されているとはいえ、カッサンドル・シウイ（Cassandre SIOUI）がいみじくも指摘するように、その語りかけは一方的で、「わたし」と「あなた」のあいだに「対話」が成立しているとはいいがたいし、「あなたがた」どうしの対話も聞こえてこない[19]。そのため沈黙や静寂、一種の悲しみが感じられる場面も少なくない。自己を肯定するための言葉そのものを探している者との「対話」はけっして容易ではない。

これまで、ケベック州に住む先住民たちは連邦政府による「インディアン法」で保護されてきた。しかし、その「保護」は彼らに「認定インディアン」というレッテルを貼る「差別」と紙一重のものでもあった。一九七〇年以降の多文化主義政策により、居留地の中には自治を行うところも増えている[20]。一方、カナダの中でも独自の間文化社会の構築を目指すケベック州の場合、州内の先住民コミュニティに積極的に関わり、ともに間文化社会を築いていこうとする動きもある。ダニエル・シャルティエ（Daniel CHARTIER）も指摘しているように、とりわけイヌーについては、彼（女）らが（伝統的な口承文学ではなく）書かれた文学作品を発表するときにケベック州の出版社からイヌー語とフランス語を併用したり、フランス語のみを使用したりして出版する傾向が強いことから、[21] イヌー文学を二十一世紀のあらたな「ケベック（における）文学」として扱おうとする動きが顕著である。[22] それが「ケベックにおける一つの文学」に留まるのか、それとも「ケベックの文学」の一形態になるのか、はたまた「ケベック文学」の一部をなすことになるのか、現時点で予測することは難しいが、いずれにせよ、一九八〇年代以降、ケベックにおける間文化社会推進の流れのなかで移民文学が脚光を浴びたことの延長線上で考察できる点が多いのは確かである。社会的マイノリティがいかにすれば自他ともに尊厳を認められるか、異なる者どうしはどうすれば共存できるか、出自の社会とホスト社会の関係、伝統的価値観と新しい価値観との相克、その中での集団的記憶、根無し草の意識、癒しの手段としての文学のあり方など、八〇年代にケベックにおける移民文学のテーマだったものが、二十一世紀の現在、先住民との関係を考えるうえでの主要なテーマとなっている。

これらの問題を掘り下げるためにはもちろん社会学的なアプローチが必要だが、文学というフィクションを通して考察される余地もけっして小さくはない。ナオミ・フォンテーヌが語ることはすべてが事実に忠実とはかぎらない。居留地という狭いコミュニティの中での出来事をそのまま語るのはあまりにデリケートである。彼女は『クエシパン』の冒頭から次のように述べて、この作品があくまで「小説」であることを断っている。

わたしはいろいろな人の人生を捏造した。太鼓をもった男は一度もわたしに身の上話をしてくれたことがなかった。わたしは彼の使い古された手、曲がった背中から物語を組み立てたのだ。(中略)そして別の人たちの人生を、美化した。美しいものを見たかった、作り出したかったのだ。(中略)作り直された居留地(九頁)。

居留地の内と外の両方を知っている彼女がときに脚色を施しながら抑制のきいた筆致で明かすこの場所の現状や同胞への思いは、社会学的アプローチとはまた一味ちがった「証言」としての意味をもっているのではないだろうか。

『クエシパン、あなたへ』は、二〇一九年にケベックでミリアム・ヴェロー(Myriam VERREAULT, 1979-)監督により映画化され、大きな反響を呼んだ。フォンテーヌ自身も脚本で協力している。フォンテーヌの生まれ故郷の居留地を舞台に、一方はそこに留まり伝統を受け継ごうとし、他方はそこから飛び出そうとする二人の幼馴染の女の子を中心に展開するストーリーは原作とはかなり異なるが、日本でも『クエシパン〜私たちの時代』というタイトルで二〇二一年一月の「マイ・フレンチ・フィルム・フェスティバル」で公開され、多くの視聴者を得たことを付け加えておく。

註

（1）カナダ大使館「ファースト・ネーションズ（先住民族インディアン）」二〇一五年。https://www.canadainternational.gc.ca/japan-japon/about-a_propos/faq-first_nations-indien.aspx?lang=jpn（二〇一九年八月十二日アクセス）

（2）イヌイットと同様、「人間」を意味するが、民族的には両者はまったく異なる。かつてはフランスから来た最初の探検家たちによる命名で「モンタニェ」（「山の民」の意）と呼ばれていたが、一九九〇年以降「イヌー」が正式名称となった。イヌーの大半（推定二万人）はケベック州に住む。以下参照。http://dictionnaire.sensagent.leparisien.fr/Innus/fr-fr/（二〇一九年八月十二日アクセス）

（3）岸上伸啓「先住民」、小畑精和・竹中豊（編著）『ケベックを知るための54章』明石書店、二〇〇九年所収、一一九－一二〇頁。

（4）ビーバーなどの毛皮がヨーロッパで流行したため。

（5）「大きな湾」の意味。

（6）Charles GUY « Naomi Fontaine: bons baisers de la réserve », La Presse, 13 mai 2011.

（7）Monique DURAND « Carnets du Nord (7) — Prise de parole », *Le Devoir*, samedi 6 août 2011.

（8）先住民に定住を促し、彼らと白人が棲み分けることを目的としたもので、現在もカナダ全体で二二〇〇カ所以上、ケベック州内だけでも二五カ所ほどの居留地がある。（浅井晃『カナダ先住民の世界』彩流社、二〇〇四年、八九頁／カナダ大使館、前掲資料／岸上、前掲書他参照）。

（9）浅井、前掲書、一〇八頁。

（10）Naomi FONTAINE, *Kuessipan: à toi*, Montréal, Mémoire d'encrier, 2011, p. 29. 以下、同書からの引用は直後に頁数のみ示す。

（11）以下を参照せよ。「妊娠しない危険は妊娠する危険より大きい。彼女たちはみな子どもを産みたがっている。（中略）これほどまでに大量虐殺されようとした部族を大きくするための方法、生きるため、あるいは死ぬのを食い止めるための激怒。子どもだ。」（八五頁）。

（12）フォンテーヌの母方の祖父の名前（三六頁参照）。「アレクサンドル」に相当するイヌー語の名前。

（13）理由は、水力発電のためのダム建設、製紙業のための森林伐採、鉱山（アルミニウム）開発など、さまざまである。

（14）イヌーを代表するもう一人の作家ジョゼフィーヌ・バコン（Joséphine BACON, 1947-）はペッサミット生まれだが、生後五年間、このヌーチミットで半ばノマドの生活を送っている。Anne-Marie YVON, « Joséphine Bacon, la vie en trois temps d'une femme d'exception », *Radio-Canada, Espaces autochtones*, le 8 mars 2019. https://ici.radio-canada.ca/espaces-autochtones/115819/josephine-bacon-innue-poete-autochtone-histoire（二〇二一年九月二十四日アクセス）参照。

（15）Ch. GUY, *op.cit.*

（16）根無し草の意識については、以下の著作も詳細に論じている。
Joëlle PAPILLON, « Apprendre et guérir : Les rapports intergénérationnels chez An Antane Kapesh, Virginia Pésémapéo Bordeleau et Naomi Fontaine », *Recherches amérindiennes au Québec*, vol. 46, nº 2-3, 2016, pp.57-65.
Marie-Éve VAILLANCOURT, « Un héritage à habiter : Lecture géopoétique de *Kuessipan* / *À toi* et de *Puamun, le rêve*, de Naomi Fontaine », *Recherches amérindiennes au Québec*, vol. 47, nº 1, 2017, pp. 25-34.

（17）カナダのメティスは主として平原地方《プレーリー》（アルバータ州東南部からマニトバ州西南部にまたがる）に住んでいる（浅井、前掲書）。ケベック州に住むメティスは約三万人。

（18）ケベックの「間文化主義」の理論と実践についてはすでに多くの研究があるが、とりわけ以下を参照されたい。ジェラール・ブシャール『間文化主義：多文化共生の新しい可能性』（丹羽卓監訳）彩流社、二〇一七年。

（19）Cassandre SIOUI « De l'enchevêtrement des frontières à la précarité identitaire : une étude de la représentation des lieux dans *Ourse bleue* de Virginia Pésémapéo Bordeleau et *Kuessipan* de Naomi Fontaine », mémoire de maîtrise, Université de Sherbrooke, 2014, p. 78.

（20）浅井、前掲書、二六頁。

（21）ジョゼフィーヌ・バコンはフランス語とイヌー語の二言語出版、ナオミ・フォンテーヌや、より若い世代のナターシャ・カナペ・フォンテーヌ（Natasha KANAPÉ FONTAINE, 1991-）などはフランス語で出版している。

（22）イヌイット文学の場合はその限りではない。イヌイットは他のカナダの州あるいは他の国に住むイヌイットとの横のつながりが強く、イヌイット語での出版が基本となるため、距離がある。詳しくは以下を参照。
D. CHARTIER, « La fascinante émergence des littératures inuite et innue au 21e siècle au Québec : Une réinterprétation méthodologique du fait littéraire », *Revue japonaise des Études québécoises*, nº 11, 2019, pp. 27-48.

第十章　森と記憶

――ジョスリーヌ・ソシエ『鳥たちの雨』

Jocelyne Saucier,
Il pleuvait des oiseaux,
XYZ, 2011.

はじめに

広大な針葉樹林と湖、そこを吹き抜ける風―これはカナダ、とりわけケベックの多くの人々の記憶に刻み込まれた原風景ではないだろうか。すでに見たように、[1]十六世紀にフランス人探検家ジャック・カルティエがはじめて新大陸を訪ね、サンローラン河をさかのぼることに成功する。十七世紀にはルイ十四世直轄の植民地ヌーヴェル・フランス（新フランス）が建設される。入植者たちは鬱蒼とした森を切り拓いて村をつくり、できあがるとさらに奥地へと開拓を進めていく…。

しかし、十七世紀末には英国も本格的にカナダに進出しはじめ、衝突が繰り返されるようになる。そしてついに一七五九年、アブラム平原での激しい戦闘の結果、敗北したフランスはヌーヴェル・フランスを全面的に英国に譲渡してしまう。現地に残された仏系住民は英系が大資本を握る都会を避けて、長らく農村にとどまり、雪を手なずけ、自然と共生しながら生き延びたのだった。本書冒頭（第一章）でも紹介したルイ・エモン（Louis HÉMON, 1880-1913）が二十世紀初頭に発表した『マリア・シャプドレーヌ（白き処女地）』（*Maria Chapdelaine*, 1916）で描いたのも、まさにこのような風景のなかで繰り広げられるドラマだった。

ジョスリーヌ・ソシエ（Jocelyne SAUCIER, 1948-）[2]が二〇一一年にモンレアルのＸＹＺ社から発表した四作目の小説『鳥たちの雨』(*Il pleuvait des oiseaux*)は、ケベック文学としてはじめて「フランコフォニー五大陸賞」[3]を受賞した作品である。ジャーナリスト出身の作家ならではの視点から、ある歴史的出来事に想を得て書かれた小説だが、その舞台も森である。森はここでどのような空間として表象されているのだろうか。森で繰り広げられるこの小説からいったいわれわれは何を読み取ることができるのだろうか。この作品は二〇一九年、ルイーズ・アルシャンボー(Louise ARCHAMBAULT, 1970-)監督によりケベックで映画化され、二〇二一年五月には日本でも公開されたので[4]、この機会に原作を読解してみたい。

主要登場人物と舞台

まずは小説の舞台と、主な登場人物を確認しておこう。

舞台はケベック州とオンタリオ州の境にある広大な森林地帯で、著者ソシエが在住しているケベック州のアビティビ＝テミスカマング地方とも隣接している地域である。この辺りは、最初は毛皮商人たちが関心を示し、次に林業、二十世紀にはいると、銅や金の鉱山開発、製紙業などで繁栄した場所である[5]。

主要登場人物は次のようになっている。

・テッド・ボイチョック　森に住む老人。二十世紀初頭の森林大火災の生存者。

・チャーリー　森に住む老人。元郵便局員。罠猟好き。
・トム　森に住む老人。元ミュージシャン。
・ブリュノー　四十代男性。「ボイチョク伝説」を追いかけてテッドと知り合う。
・スティーヴ　五十代男性。森のはずれにあるホテルの雇われ支配人。
・ジェルトルード（後のマリー＝デネージュ）　ブリュノーの伯母。
・「女性写真家」　森林火災の生存者を探し、写真展を企画。

森の隠者たち

三人の老人、テッド、チャーリー、トムはいずれも八十歳を超えているが、それぞれの理由からこの森の一角に各自の小屋を建てて晩年を過ごしている。

テッド・ボイチョクは子どものころに森林火災で肉親をすべて失い、その後、仕事を転々として、心に傷を残したまま森で絵を描きながら晩年を過ごす。チャーリーは、罠猟が好きで、妻子がいるにもかかわらず、定年退職後、病気が見つかったことをきっかけに「死ぬため」に森にやってくるのだが、それから一五年以上無事に生きながらえている。そして、トムは元さすらいのミュージシャンである。若い頃は怪しげな仕事にも手を出したようだが、今は森に引っ込んでいる。彼は肺を病み、死期が近いことを悟っている。

三人はいずれも世間から身を隠し、法に縛られずに「自由に」生きたいと願う男たちだ。小屋の眼下に広がる「完璧湖」（Lac Perfection）と呼ばれる美しい円形の湖で水浴びをし、罠猟で獲ったウサギや湖で釣った魚などを食糧とし、森で伐採した木で薪をつくって暖をとっている。毎朝それぞれの小屋の煙突から立ち上る煙で互いの生存を確認しながらも、過度な干渉は控えている。

そのような彼らを結びつけているのは「死の契約」である。罠猟をするチャーリーの発案により、病院のない森で高齢の彼らが病気や怪我で回復の見込みがないときはストリキーネ[6]を使って自死することに合意している。

老人たちのあいだには死の契約があった。「自殺」とは言わない。彼らはこの言葉が好きではなかった。結局のところたいして動揺させられるわけでもない事柄を表すには、これは重くて悲壮すぎる言葉だったからだ。彼らにとって大事なのは、生においても死においても自由であることだった。そこで、彼らはある協定を結んでいた。それも、心に誓うようなものではなく、悲壮感のない、互いに言葉で言い交わしただけのものだった。つまり、歩くことができないほど重い病気にかかったり、自分や他人にとって重荷になったりしたときには、しかるべきことがなされるのを妨げるものは何もない、という協定だった。[7]

かくして、彼らは各自の部屋に「塩の缶」（彼らはこう呼んでいる）を置いている。

一方、森の住人ではないが、三人の老人と接点があるのがブリュノーとスティーヴである。ブリュノーは三人のような高齢者でも世捨て人でもない。あるとき森の近くのバーで森林火災が話題にのぼったとき、「伝説のボイチョク」のことを聞きつけたブリュノーはテッドを探しに森にやってきた。彼がどのような理由からテッドに近づいたかは定かではないが、彼がテッドに大麻栽培の話を持ちかけると、意外にもテッドは乗ってきた。森で自給自足に近い生活をしていても最低限の現金は必要だし、テッドの場合はカンバスや絵筆や絵の具も必要だったので、悪い話ではなかったとみえる。

他方、スティーヴは森のはずれの、さびれたホテルの経営を任されている雇われ支配人だ。彼は無類の大麻嗜好者で、森の隠者たちが栽培した大麻を吸引すると同時に、ホテルに来る客にも斡旋して稼いでいるらしい。

一九一六年七月、マセソンの大火

さて、話は一世紀近く前にさかのぼる。(8) この辺りの森林地帯では二十世紀初頭、しばしば大火災が発生していた。中でも一九一六年七月に発生した「マセソンの大火災」(Le Grand Feu de Matheson)では、伐採した木を燃やしていた火が風であおられ、五〇〜一〇〇キロ四方の森林だけでなく、近隣の町や村までが炎に包まれ、公式発表で二四三人の（実際にはそれよりはるかに多くの）人が命を落とした、というのは史実である。[9] その光景は小説の中では次のように再現されている。

それは火の海、炎の津波で、地獄のような唸り声をあげて進んできた。そこから逃れることはできなかった。火よりも速く走らねばならず、湖、川に飛び込まねばならず、すでに人を乗せ過ぎた小艇か木の幹につかまって、怪物がその猛威を満喫し、炎が互いを食い合って、別の森、別の町のほうに行くのを待つしかなかった。あとに残ったものはなく、ただ黒く荒廃した土地、戦いが終わったときの匂いのみで、灰の下に見つかるものもあれば見つからないものもあった（八一頁）。

火災当時、十四歳の少年だったボイチョクは建設現場に雇われて、家から一〇キロ離れたところで働いていた。家族はみな窒息死し、彼だけが助かったのだが、彼は六日間焼け跡をさまよい続けたあとトロントに運ばれたという。

若いボイチョクがどのようにして生き延びたのか、分からない。両親たちの畑に行って、彼の五人の兄弟姉妹と父母に会ったかどうかも、分からない。彼らはみな地下の野菜保存庫で窒息死したのだった。互いにうずくまり、身体は青ざめ、紫色になった唇で空気を吸おうと最後の力を振り絞りながら硬直していた。(中略)

人々は若いボイチョクが通りすぎるのを見た。

彼は煙を上げている灰の中を手探りで歩いていた。煤とかすり傷で覆われていたが、無事なようだった。上半身は裸で、右手にはぼろきれが巻かれていた。おそらくシャツの残りを使って自分で包帯をしたのだろう。(中略)彼はマセソンで、ナシュカで、モンティースで、ポーキス・ジャンクションで、アンソンヴィルで、イロコイ・フォールズで見かけられ、それからふたたびマセソン、ナシュカ、モンティースで、さらにマセソン、ナシュカで見かけられ、それから完全にいなくなった。六日間、あてどなく歩き、ぐるぐると回っていたのである。誰も何も理解できなかった(八七‐八九頁)。

彼は六日間、同じところを回りながら何を探していたのだろうか? マセソンの公立博物館では大火の記憶の保存に取り組んでいた。そこの責任者のミス・サリヴァンはいう。彼の彷徨の理由は一つしかない、恋人を探していたにちがいない、と。

二人の女性

ところで、ボイチョクを探していたのはブリュノーだけではなかった。「女性写真家[10]」も彼を探していた。彼女は二年前にトロントで自称百二歳という女性が当時の火災の様子を「まるで鳥たちが雨のように降っていた(九八頁)」と語るのを聞いて以来、この大火災の生存者たちに関心を持つようになり、彼(女)らの写真を撮って展覧会を開催することを計画していた。すべての生存者の写真を撮り終え、残るはボイチョクだけだった。

物語が動き出すのはこの写真家が森を訪ねてきたときからである。彼女はテッド・ボイチョクが生活している場所を確かめ、森に入っていく。しかし、そこで最初に出会ったのはテッドではなくチャーリーだった。テッドはつい最近、持病により自然死したと告げられる。

時を同じくしてもう一人の女性が森を訪れる。ブリュノーの伯母、ジェルトルードである。彼女は十六歳のときに父親によって精神病院に入れられ、以後、親兄弟に懇願したにもかかわらず六六年間施設から出ることができなかった。ブリュノーの父(すなわちジェルトルードの弟)の死後、彼の妻が遺品を整理していてジェルトルードからの手紙を発見し、初めて義姉の存在を知り、連絡を取る。ジェルトルードはこうして葬儀に参列するために六六年ぶりに生家に戻ってきたのだった。葬儀が終わってから、ブリュノーが彼女を施設に送り届けるのだが、門のところまで来てから戻りたがらないので、仕方なく彼女をこの森に連れてくる。

森の男たちは彼女のために近代的な設備の整った新しい小屋を建ててくれる。ジェルトルードは「マリー＝デネージュ（雪のマリア）」と名を改め、ここで文字通り生まれ変わり、「（彼女）の初めての人生（一二三頁）」を生き始める。彼女は森を散策しながら、「初めて野雁の飛翔を見、初めて雪の上に野兎の足跡を認め、湖に喉を潤しにやってきた大鹿を見、そして白樺の枯れ枝に留まった梟を見る。彼女の眼にはすべてが新しく、新鮮だ（一二二頁）」。

しかし、ジェルトルードはなぜ六六年間も精神病院に閉じ込められていたのか？ 身の回りのことに何くれとなく気を遣ってくれるチャーリーに彼女は次第に心を許すようになり、二人のあいだに恋が芽生える。二人が交わす会話から、読者は少しずつ、彼女の六六年間におよぶ精神科施設での軟禁生活の理由とそこでの体験を知ることになる。

十六歳の彼女は未来を予言することに夢中になった想像力豊かな娘だった。そのうち彼女の中にときおり別の人間が住みに来るようになり、一家の恥を隠そうとする父親によって精神病院に入れられる。病院では薬物療法や電気ショックは言うに及ばず、（幸いロボトミー手術は免れたものの）妊娠して、帝王切開で出産までしている。ところが、子供は性別すら告げられることなく取り上げられ、同時に子宮摘出手術を受けさせられる。ソシエはジャーナリスト出身の作家らしく、当時の精神病院で患者におこなわれていた処置について人道的見地から読者に伝えることを忘れない(11)。ジェルトルードは手術の直後の疲労の中で統合失調症の発作が強まり、四歳年上のアンジュ＝エメと二人で「存在しない赤子」をあやしながら「自分がいるところにいない方法」を学ぶ。赤子は一年後に姿を消し、現在は自分が肉体を離れて飛んでいく感覚もなく、ただお腹のあたりに空っぽな感覚だけが残っているという（一三〇―一三二頁、一六七頁）。

テッドの絵

生前のテッドは無口な人間で、彼が経験した壮絶な火災について語ることはいっさいなかった。彼の人生は謎に満ちており、絵を描いているといってもどのような絵なのか知る者はなかった。彼のアトリエの扉には森の生活には似つかわしくない南京錠がかかっていて、誰も中に入ることができなかったのである。

しかし、森の住人たちは彼の死後、アトリエから三〇〇枚以上のカンバスを発見する。それらはどれも大火にまつわる「窒息した叫びの中で溶けだす世界（五七頁）」を描いたものだった。

黒と緑を基調とした絵の中に赤い斑点のようなものがいくつもある絵や、胎児を描いたらしい絵なともある。テッドの兄弟の魂や、生まれてくることができずに母親と焼死した胎児の魂なのだろうか……。透視能力をもったマリー＝デネージュは「写真家」とともにひと夏かけてそれらの絵を一枚一枚解読していく。

それらの絵に混じって、何かが筏に乗ってブラック・リヴァーを流れされていく絵があった。最初は黒い川を流されていく金色の光の帯にしか見えなかったが、マリー＝デネージュがそれは助けを求める二人の長い金髪の少女ではないかと想像する。そのとき、トムがマセソンで有名な双子の美女、ポルソン姉妹のことを思い出す。そして、彼らは、テッドが残した絵の中から、この双子の姉妹を描いたと思われる絵を三二枚も見つける。

「写真家」がその絵のうちの一枚をマセソンの博物館のミス・サリヴァンに見せると、彼女はそれがポルソン姉妹にちがいないと断言する。彼女曰く、テッドはこの姉妹の両方を愛していた。姉妹のほうも同様で、テッドはいつまでも二人のことを忘れられず、長いあいだ二人と文通をしていたが、職を転々としたのち森に逃げ込んだのだった。

「二重性」の物語

以上のように、一世紀近く前の歴史上の出来事に着想したこの小説において、過去の歴史的事実と小説上の「現在」とが森、テッド、彼の絵によって結びつけられ、テッドの死から小説が始まる(もっとも、テッド自身がすでに虚構の人物だが)。そして、この「二つの時間」を結びつけようとする登場人物たち(とりわけ絵の解読に夢中になるマリー＝デネージュと、展覧会を開こうとする「写真家」)により、過去が再生されることになる。

しかしじつは、本作品にはこの「二つの時間」のほかにも、多くの「二重性」や「対」のモチーフが隠されている。

まずは森の住人たち。最初は三人だったが、物語が動き出した段階でテッドはすでに死んでいるので、厳密にはチャーリーとトムの二人ということになる。性格の異なるこの二人の老人、そして彼らと関わる森の外の人間であるスティーヴとブリュノーも、ある種の「対」をなしているといえるだろう。[12] さらに、ジェルトルードと「写真家」も、「二重性」の体現者だ。まずは、ジェルトルードの人生そのものが「二重性」に満ちていることは先に見た通りだ。彼女は自己の内部にアンジュ＝エメという別人を宿していた時期があるし、六六年後に、森でマリー＝デネージュという別名で「新しい人生の翼を広げ（二二二頁）」る。

そして、この小説の中で唯一名前を明かされない「写真家」は、マリー＝デネージュから初対面のときに「アンジュ＝エメ！」と呼びかけられる。それほどこの二人は初めから意気が合い、二人でテッドが残した絵の解読に励むことになる。

「写真家」はまた、著者のソシエとも重ね合わされる。この小説の中で唯一固有名詞を与えられていない彼女が写真展を開催するために聞き取り調査をしている姿は、小説を書くために取材する著者の姿とダブるからだ。[13]

そして何より、テッドの苦悩が、火災で肉親をすべて失ってしまったことによるものである以上に、「双子」の姉妹の両方を愛するが故のものでもあったことが明らかになる。

「二重性」、「対」のモチーフはまだ続く。トロントで展覧会の準備をしていた「写真家」が久しぶりにスティーヴのホテルに戻ると、そこはもぬけの殻だった。彼女は、周囲の様子から、警官がスティーヴを麻薬取締法違反の容疑で連行したのではないかと疑う。すぐに森に行ってみるが、すでに人影はない。彼女は即席の筏をつくり、湖の対岸にある狩猟用の小屋まで行ってみるが、そこも空っぽだ。しかし、小屋の裏手に「二つの墓」を見つける。一つはトムが愛犬ドリンクとともに埋葬された墓で、もう一つはスティーヴの犬とテッドの犬を一緒に埋葬したものだった。トムは冬が近づくにつれ持病が悪化し、もう一冬越すことは不可能だと考えて自らの死を決めたのである。

一方、警察の捜索が到着する前に逃げおおせたチャーリーとマリー＝デネージュのカップルは、森のはずれで新しい人生を穏やかに過ごしている……。

森のトポロジー

このように、「二重性」、「対」のモチーフはこの小説では特別な意味をもっているように思われる。それはある意味では、ジェルトルードへの、いや、むしろ作者の実のおばであるマリー＝アンジュ・ソシエへのオマージュなのかもしれない。とはいえ、そもそも、森こそが「二重性」の場所だろう。森の内部と外部。そこには、法を犯しながら、あるいは法的にはすでに存在しない人間として、「自由に」生きようとする老人たちと、二人の若者や二人の女性のように、外部からやってきて彼らに関わる人間たちがいる。

北米大陸における森の生活といえば、H・D・ソロー（Henry David THOREAU, 1817-1862）の

『森の生活 ウォールデン』（*Walden or Life in the Woods*, 1854）[14]を思い出す人も少なくないだろう。ソローは二十代のときに二年二カ月、ウォールデン湖のほとりで自給自足生活を経験してこの回想録を著したが、これが北米におけるその後の文学的想像力に多大の影響を及ぼしたことは間違いない。

しかし、現在なお、いくつかの大都市を除けば森や湖に隣接する地域に住んでいるケベコワ（フランス系カナダ人）にとって、森は、何よりもまず、彼らの記憶が立ち戻る原点である。本書の冒頭でも述べたように、都市化が進んだとはいえ、開拓時代から現在までの歴史の中心にはつねに森の風景が存在していたのである。現代でも、都会の喧騒を離れてときおり森の小屋で瞑想に耽り、秋ともなれば大鹿狩りに挑戦したいと願うケベコワは、筆者の知人も含めて少なくない。

森を「聖なる場所」と位置づける神話は多い。森に社を建てる日本はいうにおよばず、ケルト神話、ゲルマン神話、北欧神話においても同様である。そこには当然ながら樹木が関係している。地中深く根をはり、空に向かって枝を延ばす大木が天と地を結ぶ生命力の象徴であることは、R・B・アンダーソンを参照しながらバシュラール（Gaston BACHELARD, 1884-1962）がつとに指摘しているところである[15]。だとすると、無数の樹木を擁する森は「生命」の場所と考えられるが、ここではむしろ、生と死、そして再生がかぎりなく繰り返される場所と解釈できるように思われる。じっさい、三人の老人たちは「死ぬために」森にやってきたが、そこで自らの意思で死を選んだのはトムだけだった。テッドは自然死したとはいえ、三〇〇枚以上の絵を残し、死後それが森の外に持ち出されて芸術作品としてあらたな「生」を得ることになる。精神科施設で生涯自由を奪われたまま生きてきたジェルトルードは森に来て「初めて」自分の人生を生きる。チャーリーも、退職後、病をえて死を覚悟して森にやってきたのだが、ジェルトルードと出会ったことで新たな「生」を生きることになる。

森はもちろん、聖性の場所としてあるだけではない。森はつねに反社会的な側面も宿してきた。中世には魔女の住処だったし、先に考察したアンヌ・エベール（Anne HÉBERT, 1916-2000）の作品にもしばしば見られるように、[16]犯罪の温床にもなる。本書の中でも、森の男たちは大麻栽培に手を染めている。つまり、森こそが、かぎりなく「二重性・両義性」を秘めた場所なのである。しかし、善悪、生死といった相反する要素を併せ持った両義的な空間である森は何よりもまず、心に傷を負った者（テッドやジェルトルード）が到着する一種の「避難所」であり、社会のさまざまな掟にとらわれずに人間が自分自身に戻る場所、「自由」を取り戻す場所としてソシエによって想像されていて、だからこそ「再生の場」ともなるのである。

おわりに

ジョスリーヌ・ソシエの『鳥たちの雨』は発表年の二〇一一年にケベック文学として初の「フランコフォニー五大陸賞」を受賞したあと、翌年にはケベックで「カレッジの学生たちが選ぶ文学賞」、ランゲ賞、フランス＝ケベック賞、ラジオ・カナダ読者賞、モンレアル図書館賞等、多数の主要な文学賞を獲得し、[17] 二〇一三年にはパリのドノエル社から、二〇一四年にはガリマール社からも出版され、現在一五の言語に翻訳されている。さらに、冒頭でも述べたように二〇一九年にはルイーズ・アルシャンボー監督の手で、ジェルトルード役にアンドレ・ラシャペル（Andrée LACHAPELLE, 1931-2019）[18]、トム役にレミー・ジラール（Rémy GIRARD, 1950-）というケベック映画界を代表する俳優たちをそろえて映画化もされている。

「わたしは覚えている・思い出す（Je me souviens）」は車のナンバープレートなどにも記されているケベックの標語だが、記憶はただ「覚えている」、「思い出す」だけでなく、共同体の中で「共有」され、「集合的記憶」になることで深い意味を持つようになるものである。

森は、ケベコワが分かち合うべき多くの記憶（森林火災の記憶はもちろんのこと、先住民との接触や「森を駆ける人（罠猟師のこと。マリア・シャプドレーヌの恋人のフランソワもそうだった）」などが詰まった場所である。

政治学を学んだジャーナリスト出身の作者による、史実を踏まえたフィクションは、ボイチョクという一人の人物の、生前には語られることのなかった心の闇に迫ろうとして、さながら森の奥深くに分け入るように展開するサスペンス仕立ての作品であるが、一人の伝説的な人物の過去に迫りながらも、一個人や彼を取り巻く人々をはるかに超えた問いを読者に提示している。

『鳥たちの雨』は、人生の晩年をいかに生きるか、不当な扱いを受けた者の尊厳はどのようにして回復できるかを問い、災禍の犠牲者やそこからの生存者の心の内を探りながら、人間の生と死、自由、幸福、尊厳といった根源的な問いへと読者の思索をうながす作品である。この普遍性こそが、フランコフォニー五大陸賞を獲得し、世界中に読者を獲得した所以だろう。

註

（1）第一章参照。
（2）カナダ・ニューブランズウィック州クレール生まれ。幼少期に一家でケベック州アビティビ地方に移住。ケベック市のラヴァル大学で政治学を学んだあと、アビティビでジャーナリストになり、一九九六年、『イマージュのような生』*La Vie comme une image* で作家としてデビューする。http://www.litterature.org/（二〇二一年九月二十四日アクセス）
（3）フランコフォニー国際機関（ＯＩＦ）によって二〇〇一年に創設された文学賞。
（4）邦題は『やすらぎの森』（配給エスパース・サロウ）。
（5）*Guide de Tourisme, Le Québec*, Québec, Michelin Amérique du nord, 1996, p. 11.
（6）マチンの種子から抽出される猛毒のアルカロイド。キツネを殺すために用いる。
（7）Jocelyne SAUCIER, *Il pleuvait des oiseaux*, Donoël, 2013, p. 43-44. 以下同書からの引用は末尾に頁数のみ記す。
（8）物語の「現在」は一九九六年前後とみられる。
（9）Saucier によれば二四三人だが（八二頁）、たとえば *Forestory* などでは二二四名となっている。このような惨事における死者数の特定は時代的にも容易でなかったと思われる。なお、森林火災については本書八一頁以降で詳しく語られているが、史実としては以下が参考になる（いずれも二〇二一年三月一日アクセス）。
« Forest Fire and Firefighting History », *Forestory*, vol. 4, Issue 1, Spring 2013.
www.ontarioforesthistory.ca/files/fhso_newsl_vol_4_iss_1_spring_2013.pdf
« Cent ans depuis le feu de forêt le plus meurtrier du Canada », Radio-Canada, 29 juillet 2016.
https://ici.radio-canada.ca/nouvelle/795259/feu-matheson-val-gagne-29-juillet-1916-histoire
（10）ジェルトルードからは「アンジュ・エメ（愛される天使）」と呼ばれるが、それ以外は « la photographe » としか出てこない。著者ソシエの分身とみなされるからだろうか？

（11）因みに、この小説は Marie-Ange Saucier に捧げられているが、この人物は著者の実のおばにあたり、まさしく小説の中のジェルトルードのような人生を送った人だと、あるインタヴューの中で語っている。小説との違いは、実際のおばはニューブランズウィック州の施設から一生出ることなく死亡したという点。ソシエはいわば、小説の中で彼女を解放したといえる。Geoff ISAAC, « Jocelyne Saucier : How I wrote And the Birds Rained Down », CBC, June 22, 2017. https://www.cbc.ca/books/jocelyne-saucier-how-i-wrote-and-the-birds-rained-down-1.4043679（二〇二一年九月二十四日アクセス）

（12）映画では、スティーヴとブリュノーの役はスティーヴ一人で担われている。

（13）小説の巻末に謝辞があり、ソシエがこの大火災の関係者に取材したことが分かる。

（14）邦訳：『森の生活　ウォールデン』（上・下）（飯田実訳）、岩波文庫、一九九五年。

（15）Gaston BACHELARD, *L'Air et les songes*, José Corti, 1943 (1982), pp. 250-251.［邦訳：『空と夢』（宇佐美英治訳）法政大学出版局、一九六八年、三三一頁］

（16）A. HÉBERT, *Les enfants du sabbat*, Seuil, 1975, 他。

（17）Prix littéraire des collégiens, Prix Ringuet, Prix France-Québec, Prix des lecteurs Radio-Canada, Prix irrésistibles-Bibliothèques de Montréal.

（18）彼女はこの映画が自分にとって最後の作品だと言っていたが、封切の一カ月後に八十八歳で生涯を閉じた。

参考文献

◆全体に関するもの

綾部恒雄・飯野正子編著『カナダを知るための60章』明石書店、二〇〇三年。

BOUCHARD Gérard, *L'interculturalisme : Un point de vue québécois*, Montréal, Boréal, 2012.［邦訳：『間文化主義―多文化共生の新しい可能性』（丹羽卓監訳）彩流社、二〇一七年］

木村和男編『カナダ史』山川出版社（新版世界各国史23）、一九九九年。

LACOURSIÈRE Jacques, *Une Histoire du Québec*, Québec, Septentrion, 2002.

日本カナダ学会編『史料が語るカナダ』有斐閣、一九九七年（新版二〇〇八年）。

小畑精和『ケベック文学研究』御茶の水書房、二〇〇三年。

小畑精和・竹中豊編『ケベックを知るための54章』明石書店、二〇〇九年。

小倉和子「ケベック文学への誘《いざな》い―多様性に開かれるフランス語」『ことば・文化・コミュニケーション』創刊号、二〇〇九年、一八一―一九二頁。

長部重康・西本晃二・樋口陽一編著『現代ケベック―北米のフランス系文化』勁草書房、一九八九年。

PROVENCHER Serge, *Anthologie de la Littérature québécoise*, Montréal, Éditions du Renouveau Pédagogique, 2007.

ケベックインターナショナル（ケベック州政府代表事務所）、http://www.gouv.qc.ca/portail/quebec/international/japon/quebec/

山出裕子『ケベックの女性文学―ジェンダー・エクリチュール・エスニシティ』彩流社、二〇〇九年。

◆各章に関するもの

第一章

カルチエ（ジャック）・テヴェ（アンドレ）『フランスとアメリカ大陸1〈大航海時代叢書　第Ⅱ期19〉』（西本晃二、山本顕一訳）岩波書店、一九八二年。

HÉBERT Anne, *Les Songes en équilibre*, Montréal, Éditions de l'Arbre, 1942.
Id., *Le Tombeau des rois*, Montréal, Institut littéraire du Québec, 1953.
Id., *Kamouraska*, Paris, Seuil, 1970.［邦訳：『顔の上の霧の味』（朝吹由紀子訳）講談社、一九七六年］
Id., *Les Fous de Bassan*, Paris, Seuil, 1982.
HÉMON Louis, *Maria Chapdelaine*, Montréal, J.-A. Lefèvre,1916.
Id., *Maria Chapdelaine*, Paris, Grasset, 1921.
エモン（ルイ）『森の嘆き―マリヤ・シャプドレーヌ』（小原侃訳）弘学館書店、一九二三年。
同『白き処女地』（山内義雄訳）白水社、一九三五年／新潮文庫、一九五四年／角川文庫、一九六三年。
同『白き処女地』（池田公麿訳）旺文社文庫、一九七四年。
HÉMON Louis, *Maria Chapdelaine*, Montréal, Bibliothèque québécoise, 1997.
KIM THÚY, *ru*, Montréal, Libre Expression, 2009 / Paris, Liana Levi, 2010.［邦訳：『小川』（山出裕子訳）彩流社、二〇一二年］
Id., *vi*, Montréal, Libre Expression / Paris, Liana Levi, 2016.［邦訳：『ヴィという少女』（関未玲訳）彩流社、二〇二一年］
MONTGOMERY Lucy Maud, *Anne of Green Gables*, 1908.
Office québécois de la langue française, *La Charte de la langue française*, http://www.legisquebec.gouv.qc.ca/fr/showdoc/cs/C-11（二〇二一年九月二十四日アクセス）
RICARD François, *Introduction à l'œuvre de Gabrielle Roy (1945-1975)*, Montréal, Nota bene, coll. « Visée critiques », 2001.
ROY Gabrielle, *Rue Deschambault*, Nouvelle édition, Montréal, Boréal, 1993.
Id., *La Route d'Altamont*, Nouvelle édition, Montréal, Boréal, 1993.
Id., *Bonheur d'occasion*, Nouvelle édition, Montréal, Boréal, 1996.
Id., *La Détresse et l'Enchantement*, Montréal, Boréal, 1996.
Id., *Ces enfants de ma vie*, Nouvelle édition, Montréal, Boréal, 2005.［邦訳：『わが心の子らよ』（真田桂子訳）彩流社、一九九八年］
真田桂子『トランスカルチュラリズムと移動文学』彩流社、二〇〇六年。

SHIMAZAKI Aki, *Tsubaki,* Montréal, Leméac / Arles, Actes Sud, 1999.［邦訳：『椿』（鈴木めぐみ訳）森田出版、二〇〇二年］
Id., *Hotaru,* Montréal, Leméac / Arles, Actes Sud, 2004.

第二章
小畑精和「ケベック文学とキッチュ—現実を直視できない『束の間の幸福』の登場人物」、『仏文研究』三六号（京都大学フランス語学フランス文学研究会）、二〇〇五年、一四一－一五五頁。
RICARD François, *Introduction à l'œuvre de Gabrielle Roy (1945-1975), op. cit.*.
ROY Gabrielle, *Bonheur d'occasion, op.cit.*.
Id., *Le Pays de* Bonheur d'occasion, Montréal, Boréal, coll. « Les cahiers Gabrielle Roy », 2000.
山出裕子『ケベックの女性文学：ジェンダー・エクリチュール・エスニシティ』（前掲書）

第三章
BEAUVOIR Simone de, *Le deuxième sexe,* Paris, Gallimard, 1949.
HÉBERT Anne, *Les Songes en équilibre,* Montréal, Éditions de l'Arbre, 1942.
Id., *Le Torrent,* Montréal, Beauchemin, 1950.
Id., *Le Tombeau des rois,* Québec, Institut littéraire du Québec, 1953.
Id., *Les chambres de bois,* Paris, Seuil, 1958.
Id., *Poèmes,* Paris, Seuil, 1960.
Id., *Le Torrent ; suivi de deux nouvelles inédites,* Montréal, HMH, 1963.
Id., *Le Torrent,* Paris, Seuil, 1965.
Id., *Kamouraska,* Paris, Seuil, 1970.［邦訳：『顔の上の霧の味』（朝吹由紀子訳）講談社、一九七六年］
Id., *Les Enfants du sabbat,* Paris, Seuil, 1975.
Id., *Les Fous de Bassan,* Paris, Seuil, 1982.

Id., *Un habit de lumière,* Paris, Seuil, 1999.
Id., *Œuvres complètes d'Anne Hébert*, I. Poésie, Montréal, Les Presses de l'Université de Montréal, 2013.
Id., *Œuvres complètes d'Anne Hébert,* II. Romans (1958-1970), Montréal, Les Presses de l'Université de Montréal, 2013.
Id., *Œuvres complètes d'Anne Hébert,* III. Romans (1975-1982) Montréal, Les Presses de l'Université de Montréal, 2014.
Id., *Œuvres complètes d'Anne Hébert,* IV. Romans (1988-1999) Montréal, Les Presses de l'Université de Montréal, 2015.
Id., *Œuvres complètes d'Anne Hébert,* V. Théâtre, nouvelles et proses diverses, Montréal, Les Presses de l'Université de Montréal, 2015.
飯笹佐代子他「ケベック社会と女性」『ケベック研究』九号、二〇一七年、一二六―一三八頁。
小倉和子「ケベック文学への誘《いざな》い―多様性に開かれるフランス語」（前掲論文）
ROY Alain, « La littérature québécoise est-elle exportable ? », *L'Inconvénient : littérature, art et société,* printemps, n° 56, 2014.
ROY Gabrielle, *Bonheur d'occasion,* Montréal, Société des éditions Pascal, 1945.
SAINT-MARTIN Lori, « Femmes et hommes, victimes ou bourreaux ? violence, sexe et genre dans l'œuvre d'Anne Hébert », *Les Cahiers Anne Hébert,* n° 8, 2008.
WATTEYNE Nathalie (sous la supervision de), *Anne Hébert, chronologie et bibliographie,* Montréal, Les Presses de l'Université de Montréal, 2008.
Id.,「ケベック詩の誕生」（小倉和子訳）『ことば・文化・コミュニケーション』五号、二〇一三年、九九―一一二頁。

第四章

BISHOP Neil B., « Distance, point de vue, voix et idéologie dans *les Fous de Bassan* d'Anne Hébert », *Voix et Images,* vol. 9, n° 2, hiver 1984.
BOULOUMIÉ Arlette, « Espace du corps et corps du désir dans *Les Fous de Bassan* d'Anne Hébert », in *L'écriture du corps dans la littérature québécoise depuis 1980,* Presses universitaires de Limoges, coll. « Espaces Humains », 2007.
HÉBERT Anne, *Les fous de Bassan,* Paris, Seuil, « Points », 1982.

HÉMON Louis, *Maria Chapdelaine, op. cit.*.
LOUETTE Patricia, « Les voies / voix du désir dans *Les Fous de Bassan* d'Anne Hébert », in *Anne Hébert, parcours d'une œuvre,* Actes du colloque de la Sorbonne, L'Hexagone, 1997.
PATERSON Janet M., « L'envolée de l'écriture : *les Fous de Bassan* d'Anne Hébert », *Voix et Images,* vol. 9, n° 3, printemps 1984.
PERRAULT Charles, *Le Petit Poucet, Les Contes de ma mère l'Oye*, Barbin, 1697.
RANDALL Marilyn, « Les énigmes des *Fous de Bassan* : féminisme, narration et clôture », *Voix et Images,* n° 43, automne 1989.

第五章

BERROUËT-ORIOL Robert et FOURNIER Robert, « L'émergence des écritures migrantes et métisses au Québec », *Québec Studies,* n° 14, Spring / Summer 1992, pp.7-22.
CHEN Ying, *La Mémoire de l'eau*, Montréal, Leméac, 1992.
Id., *Les Lettres chinoises,* Montréal, Leméac, 1993.
Id., *L'Ingratitude,* Montréal, Leméac, 1995.
CHUNG Ook, « La littérature migrante au Canada », *Études Québécoises,* Association Coréenne d'Études Québécoises, n° 1, 2007.
COLLOT Michel, *Paysage et poésie : du romantisme à nos jours,* Paris, José Corti, 2005.
DOYEN Frédérique, « Littérature–Aki Shimazaki, lauréate du Prix du gouverneur général pour son roman Hotaru », *Le Devoir,* 17 novembre 2005.
Études québécoises, Association Coréenne d' Études Québécoises, n° 3, 2009.
保坂和志『季節の記憶』講談社、一九九六年。
同『残響』文芸春秋、一九九七年。
ヤウス（H.R.）『挑発としての文学史』（轡田収訳）岩波書店、一九七六年。
LAURIN Danielle, « Du pur, du vrai Aki Shimazaki », *Le Devoir,* 8 février 2009.
LEQUIN Lucie, « De la mémoire vive au dire atténué : L'écriture d'Aki Shimazaki », *Voix et Images*, vol. 31, n° 1 (91), 2005, p. 99.

小倉和子「ケベック文学への誘《いざな》い―多様性に開かれるフランス語」（前掲論文）
RICHARD Jean-Pierre, *Pages paysages, Microlectures II,* Paris, Seuil, 1984.
ROBIN Régine, *La Québécoite,* Montréal, Québec Amérique, 1983.
真田桂子『トランスカルチュラリズムと移動文学―多元社会ケベックの移民と文学』（前掲書）
SHIMAZAKI Aki, *Tsubaki,* Montréal, Leméac, 1999 / Arles, Actes Sud, 2005.［邦訳：『椿』（鈴木めぐみ訳）森田出版、二〇〇二年］
Id., *Hamaguri,* Montréal, Leméac, 2000 / Arles, Actes Sud, 2007.
Id., *Tsubame,* Montréal, Leméac, 2001 / Arles, Actes Sud, 2007.
Id., *Wasurenagusa*, Montréal, Leméac , 2003 / Arles, Actes Sud, 2008.
Id., *Hotaru,* Montréal, Leméac, 2004 / Arles, Actes Sud, 2009.
Id., *Mitsuba,* Montréal, Leméac / Arles, Actes Sud, 2006.
Id., *Zakuro,* Montréal, Leméac / Arles, Actes Sud, 2008.
山出裕子『ケベックの女性文学―ジェンダー・エクリチュール・エスニシティ』（前掲書）

第六章

BONNEFOY Yves, « La Fleur double, la sente étroite : la nuée », *Le Nuage rouge,* Paris, Mercure de France, 1977.
BRUNO G. *Le Tour de la France par deux enfants,* Belin, 1877.
CÉSAIRE Aimé, *Cahier d'un retour au pays natal,* Bordas, 1947.［邦訳：『帰郷ノート』（砂野幸稔訳）平凡社、二〇〇四年］
LAFERRIÈRE Dany, *Comment faire l'amour avec un Nègre sans se fatiguer,* Montréal, VLB, 1985.［邦訳：『ニグロと疲れないでセックスする方法』（立花英裕訳）藤原書店、二〇一二年］
Id., *Éroshima, Montréal,* VLB, 1987.［邦訳：『エロシマ』（立花英裕訳）藤原書店、二〇一八年］
Id., *L'Odeur du café,* Montréal, VLB, 1991.
Id., *Chronique de la dérive douce,* Montréal, VLB, 1994.
Id., *Le Charme* des après-midi sans fin, Montréal, Lanctôt,1997.

Id., *Vers le sud*, Montréal, Boréal, 2006.
Id., *Je suis un écrivain japonais*, Montréal, Boréal, 2008.［邦訳：『吾輩は日本作家である』（立花英裕訳）藤原書店、二〇一四年］
Id., *L'Énigme du retour*, Montréal, Boréal, 2009.［邦訳：『帰還の謎』（小倉和子訳）藤原書店、二〇一一年］
Id., *Tout bouge autour de moi*, Montréal, Mémoire d'encrier, 2010.［邦訳：『ハイチ震災日記』（立花英裕訳）藤原書店、二〇一一年］

第七章

BERROUËT-ORIOL Robert et FOURNIER Robert, *op. cit.*.
JONASSAINT Jean (sous la dir. de) *Dérives*, 1975-1987.
Id., *Chronique de la dérive douce*, *op. cit.*.
Id., *L'Énigme du retour*, *op. cit.*.
Id., *Chronique de la dérive douce*, Paris, Grasset / Montréal, Boréal, 2012.［邦訳：『甘い漂流』（小倉和子訳）藤原書店、二〇一四年］

第八章

ALBERT Christiane, *L'immigration dans le roman francophone contemporain*, Paris, Karthala, 2005.
BERROUËT-ORIOL Robert et FOURNIER Robert, *op. cit.*.
CAMUS Albert, *La Peste*, Gallimard, 1947.
CHEN Ying, *La Mémoire de l'eau*, Montréal, Leméac, 1992 / Arles, Actes Sud, 1996.
Id., *Les Lettres chinoises*, Montréal, Leméac, 1993 /Arles, Actes Sud, 1999.
Id., *L'Ingratitude*, Montréal, Leméac, 1995 /Arles, Actes Sud, 1999.
Id., *Immobile*, Montréal, Boréal / Arles, Actes Sud, 1998.
Id., *Le Champ dans la mer*, Montréal, Boréal / Paris, Seuil, 2002.
Id., *Querelle d'un squelette avec son double*, Montréal, Boréal / Paris, Seuil, 2003.

Id., *Quatre Mille Marches : un rêve chinois* (essai), Montréal, Boréal / Paris, Seuil, 2004.
Id., *Le Mangeur,* Montréal, Boréal / Paris, Seuil, 2006.
Id., *Un enfant à ma porte,* Montréal, Boréal, 2008 / Paris, Seuil, 2009.
Id., *Espèces,* Montréal, Boréal / Paris, Seuil, 2010.
Id., *La rive est loin,* Montréal, Boréal / Paris, Seuil, 2013.
Id., *La lenteur des montagnes* (essai), Montréal, Boréal, 2014.
HÉBERT Anne, *Les Fous de Bassan,* Paris, Seuil, 1982.
Id., *Un habit de lumière,* Paris, Seuil, 1999.
LE BRIS Michel et ROUAUD Jean (sous la direction de), *Pour une Littérature-monde,* Gallimard, 2007.
小倉和子「ケベック文学への誘《いざな》い―多様性に開かれるフランス語」（前掲論文）
真田桂子『トランスカルチュラリズムと移動文学』（前掲書）
山出裕子『ケベックの女性文学：ジェンダー・エクリチュール・エスニシティ』彩流社、二〇〇九年。

第九章

浅井晃『カナダ先住民の世界』彩流社、二〇〇四年。
BACON Joséphine, *Bâtons à message,* Montréal, Mémoire d'encrier, 2009.
Id., *Un thé dans la toundra,* Montréal, Mémoire d'encrier, 2013.
Id., *Quelque part,* Montréal, Mémoire d'encrier, 2018.
BOUCHARD Gérard, *Uashat,* Montréal, Boréal, 2009.
カナダ大使館（2015）「ファースト・ネーションズ（先住民族インディアン）」
https://www.canadainternational.gc.ca/japan-japon/about-a_propos/faq-first_nations-indien.aspx?lang=jpn（二〇一九年八月十二日アクセス）
CARON Jean-François , « La plume autochtone / émergence d'une littérature », *Lettres québécoises*, n° 147, 2019, pp.12-15.

CHARTIER Daniel, « La réception critique des littératures autochtones. *Kuessipan* de Naomi Fontaine », In DUPUIS G & ERTLER K.-D. (Eds.), *À la carte. Le roman québécois (2010-2015),* Frankfurt am Main, Peter Lang, 2017, pp. 167-184.

Id., *Qu'est-ce que l'imaginaire du nord ? Principes éthiques* [多言語出版、邦訳：『北方の想像界とは何か？ 倫理上の原則』（小倉和子・河野美奈子訳）Rovaniemi, Arctic Arts Summit / Montréal, Imaginaire | Nord, 2019.

Id., « La fascinante émergence des littératures inuite et innue au 21ᵉ siècle au Québec : Une réinterprétation méthodologique du fait littéraire », *Revue japonaise des Études québécoises*, nº 11, 2019, pp. 27-48.

DURAND Monique, « Carnets du Nord (7) — Prise de parole », *Le Devoir,* samedi 6 août 2011.

FONTAINE Naomi, *Kuessipan : à toi,* Montréal, Mémoire d'encrier, 2011.

Id., *Manikanetish : Petite Marguerite.* Montréal, Mémoire d'encrier, 2017.

Id., *Shuni,* Montréal, Mémoire d'encrier, 2019.

GATTI Maurizio, *Littérature amérindienne du Québec.* Montréal, Bibliothèque québécoise, 2009.

GUY Charles, « Naomi Fontaine : bons baisers de la réserve », *La Presse*, 13 mai 2011.

KANAPÉ FONTAINE Natasha, *N'entre pas dans mon âme avec tes chaussures,* Montréal, Mémoire d'encrier, 2012.

岸上伸啓「先住民」、小畑精和・竹中豊（編著）『ケベックを知るための54章』明石書店、二〇〇九年所収、一一九-一二六頁。

PAPILLON Joëlle, « Apprendre et guérir : Les rapports intergénérationnels chez An Antane Kapesh, Virginia Pésémapéo Bordeleau et Naomi Fontaine », *Recherches amérindiennes au Québec,* vol. 46, nº 2-3, 2016, pp. 57-65.

SIOUI Cassandre, « De l'enchevêtrement des frontières à la précarité identitaire : une étude de la représentation des lieux dans *Ourse bleue* de Virginia Pésémapéo Bordeleau et *Kuessipan* de Naomi Fontaine », mémoire de maîtrise, Université de Sherbrooke, 2014.

VAILLANCOURT Marie-Éve, « Un héritage à habiter : Lecture géopoétique de *Kuessipan / À toi et de Puamun, le rêve,* de Naomi Fontaine », *Recherches amérindiennes au Québec,* vol. 47, nº 1, 2017, pp. 25-34.

YVON Anne-Marie, « Joséphine Bacon, la vie en trois temps d'une femme d'exception », *Radio-Canada, Espaces autochtones*, le 8 mars 2019. https://ici.radio-canada.ca/espaces-autochtones/1155819/josephine-bacon-innue-poete-autochtone-histoire（二〇二一年九月二十四日アクセス）

Innu-aimun, Ressources de langue, https://www.innu-aimun.ca/（二〇一九年八月十二日アクセス）

第十章

BACHELARD　Gaston, *L'Air et les songes,* José Corti, 1943 (1982).［邦訳：『空と夢』（宇佐美英治訳）法政大学出版局、一九六八年］
BROCHU André, « Jocelyne Saucier, Pascale Quiviger, Francois Desalliers », *Lettres québécoises,* n° 143, automne 2011, pp. 18-19.
Id., « Jocelyne Saucier ou l'ambivalence créatrice » *Lettres québécoises,* n° 148, hiver 2012, pp. 9-11.
« Cent ans depuis le feu de forêt le plus meurtrier du Canada », Radio-Canada, 29 juillet 2016. https://ici.radio-canada.ca/nouvelle/795259/feu-matheson-val-gagne-29-juillet-1916-histoire（二〇二二年九月二十四日アクセス）
CHEVALIER Jean et GHEERBRANT ALAIN, *Dictionnaire des symboles,* Robert Laffont, 1983.
DESJARDINS Louise, « Jocelyne Saucier : le plaisir d'allumer des feux ». *Lettres québécoises,* n° 148, hiver 2012, pp. 6-8.
Forest History Society of Ontario, *Forestory,* vol.4, Issue 1, Spring 2013, http://www.ontarioforesthistory.ca/files/fhso_newsl_vol_4_iss_1_spring_2013.pdf（二〇二二年九月二十四日アクセス）
Guide de Tourisme, Le Québec, Québec, Michelin Amérique du nord, 1996, p. 11.
ISAAC Geoff, « Jocelyne Saucier : How I wrote *And the Birds Rained Down* », CBC, Books・How I Wrote It, June 22, 2017. www.cbc.ca/books/jocelyne-saucier-how-i-wrote-and-the-birds-rained-down-1.4043679（二〇二二年三月一日アクセス）
https://en.wikipedia.org/wiki/Matheson_Fire（二〇二二年九月二十四日アクセス）
PELLETIER Jacques, « Feu ! Feu ! Joli feu ? / *Il pleuvait des oiseaux* de Jocelyne Saucier », *Nuit blanche,* n° 123, été 2011, pp.10-12.
SAUCIER Jocelyne, *Il pleuvait des oiseaux,* Paris, Donoël, 2013.
Id., « J'aime les histoires ». *Lettres québécoises,* n° 148, hiver 2012, p. 5.
ソロー（ヘンリー・デイヴィッド）『森の生活　ウォールデン』（上・下）（飯田実訳）、岩波文庫、一九九五年。
TREMBLAY Stéphanie, « Étude de la « régionalité » littéraire dans *Arvida* de Samuel Archibald, *Atavismes* de Raymond Bock et *Il pleuvait des oiseaux* de Jocelyne Saucier », mémoire de maîtrise, Université de Montréal, août 2016.

オンタリオ州（英系）、ノヴァスコシア州、ニューヴランズウイック州に）。英系と仏系の言語・文化の対等性が公認されるが、オンタリオ州以西の開発が優先され、ケベック州は取り残される。

1914年　第1次世界大戦。英国を支援するための強制徴兵政策に仏系が反発。リオネル・グルー神父らがフランス系国家を主張。

1931年　ウェストミンスター憲章（自治領カナダが主権国家の地位を獲得、英連邦の一員に）。

1936年　モーリス・デュプレシ率いるユニオン・ナショナル党が州政権、〜 1939、1944 〜 1959。通算20年間にわたる「大いなる暗黒」時代。

1939年〜　第2次世界大戦。英国を支援するために参戦。

1947年〜　第2次世界大戦で家を失ったヨーロッパ人の移民を歓迎。アメリカとの関係緊密化。

1959年　デュプレシ急死。

1960年〜　ジャン・ルサージュ率いる自由党による州政権がケベック州の「特別な地位」を要求。「静かな革命」（州政府の積極的介入による近代化）。

1967年　カナダ連邦政府、移民法改正（差別的移民制度撤廃）。モンレアル万博。

1969年　連邦議会で公用語法制定（英語とフランス語は連邦政府の機関で対等）。ケベック州で「フランス語推進法」（第63号法）。

1970年　ロベール・ブラサ率いる自由党が州政権。「10月危機」。

1971年　カナダ連邦政府、トルドー政権による多文化主義政策。

1974年　ケベック州で公用語法（第22号法）。

1976年　モンレアルでオリンピック。ルネ・レヴェック率いるケベック党が州政権。

1977年　ケベック州でフランス語法（第101号法＝フランス語憲章）。フランス語をケベック州の唯一の公用語とする。

1980年　ケベック州の「政治的主権・経済的連合」に関する州民投票（第1回）→否決。

1985年　ロベール・ブラサ率いる自由党が州政権。

1988年　カナダ多文化主義法。

1994年　ジャック・パリゾー率いるケベック党が州政権。

1995年　ケベック州の「主権・連携」を問う州民投票（第2回）→僅差で否決。

2007年　ブシャール＝テイラーによる「妥当なる調整委員会」発足。

2018年　フランソワ・ルゴー率いるケベック未来連合が州政権。

[ケベック略年表]

1534年　フランス人探検家ジャック・カルティエがサンローラン（セントローレンス）河を遡るが、強い水流のためいったん帰国。
1535年　カルティエ、再度サンローラン河を遡り、スタダコナ（現ケベック市）からオシュラガ（現モンレアル）まで到達。新大陸をCanadaと命名。
1608年　フランス人探検家 サミュエル・ド・シャンプランがケベック市を建設。
1625年　教育修道会のイエズス会（男子）が、1639年にはウルスラ会（女子）が学校建設のために到着。
1627年 「百人会社」誕生。
1642年　メゾンヌーヴらがサンローラン河中島に「ヴィル・マリー」（現モンレアル）を建設。
1663年　ヌーヴェル・フランスが「百人会社」から国王直轄植民地になる。
1665年　フランスがカナダに行政官ジャン・タロンを派遣。1672年、タロンの要請により、フランスから約1000人の「王の娘たち(filles du Roi)」が到着。
17世紀後半　ヌーヴェル・フランスに封建制度が打ち立てられる（カトリック教会の影響）。
1670年　ハドソンベイ会社設立。英国が本格的にカナダに進出。
1759年　アブラム平原の戦いでケベック市陥落。
1763年　パリ条約により、フランスは北米におけるほぼすべての植民地を英国に譲渡。
1775年　アメリカ独立革命（～83）。ケベック法により、フランス系文化（信仰、民法、荘園制度など）の存続が認められる。
1783年　アメリカ独立革命終結。10万人のロイヤリスト（英国王忠誠派）のうち、約半数がカナダ（ノヴァスコシア、ケベック）に移住。
1791年　カナダ法により、上カナダ（現オンタリオ州、英系）と下カナダ（現ケベック州、仏系）を分割統治。
1815年～　英国からの移民増加。
1840年　カナダ連合法により、上・下カナダの再統合（英系による仏系の同化政策）。
1852年　ケベック市に ラヴァル大学設立。
1867年　（カナダ建国の年）英領北アメリカ法により、英帝国の自治領カナダ誕生。連邦制（連合カナダが再分割され、ケベック州（仏系）＋

初出一覧

第一章　「ケベック文学への誘い―多様性に開かれるフランス語」『ことば・文化・コミュニケーション』（立教大学異文化コミュニケーション学部紀要）創刊号、二〇〇九年、一八一―一九二頁。

第二章　「小さな幸福の権利―ガブリエル・ロワ『束の間の幸福』読解の試み」『立教大学フランス文学』三六号、二〇〇七年、一―一四頁。

第三章　「アンヌ・エベールが描くケベック女性―生誕一〇〇周年を記念して」『ことば・文化・コミュニケーション』一〇号、二〇一八年、一〇七―一一八頁。

第四章　「アンヌ・エベール『シロカツオドリ』の海景―ポエジーとサスペンスのあいだで」『立教大学フランス文学』三七号、二〇〇八年、四三―五七頁。

第五章　「アキ・シマザキの小説における「移住する（者の）エクリチュール」と詩的象徴性」『ケベック研究』（日本ケベック学会）二号、二〇一〇年、三三―四八頁。

第六章　「訳者解説」ダニー・ラフェリエール『帰還の謎』（小倉和子訳）藤原書店、二〇一一年。

第七章　「訳者解説」ダニー・ラフェリエール『甘い漂流』（小倉和子訳）藤原書店、二〇一四年。
「ダニー・ラフェリエールにおける漂流と記憶」『カナダ文学研究』（日本カナダ文学会）二〇号、二〇一二年、四九-五六頁。
第八章　「イン・チェンの小説における象徴性――『岸辺は遠く』試論」『立教大学フランス文学』四五号、二〇一六年、七五-八五頁。
第九章　「ナオミ・フォンテーヌのテクストに見るケベックの先住民社会」『ことば・文化・コミュニケーション』一二号、二〇二〇年、八三-九三頁。
第十章　「森と記憶――ジョスリーヌ・ソシエ『鳥たちの雨』」
書き下ろし

あとがき

二十世紀初頭から現在にいたるまでのケベック文学の主要な傾向を、「記憶」と「風景」に着目しながら辿ってみた。紹介したのは、ケベコワなら誰でも一度は読んだことのあるような（少なくとも手にとってみたことはある）作品ばかりだが、日本ではまだ翻訳のないものも多いため、章によっては多少あらすじの部分がふくらんでしまったところもあることをお赦しいただきたい。筆者自身、これまでダニー・ラフェリエールの作品を三冊翻訳したが、ケベコワが歩んできた道程を知るためには、現代のものだけでなく、「静かな革命」前後の作品などももっと翻訳されるべきであることをあらためて実感させられた。今後の課題としたい。

ケベックでは、宗教的な抑圧が強く、個人（とりわけ女性）が直接的に自己表現する機会が乏しかった時代には、自己表現の一形式としての文学の役割が大きかった。そこに描かれた登場人物と自分自身を重ね合わせて共感する読者、あるいははじめて己の姿に気づく読者も少なくなかったはずだ。それは「移住（者）のエクリチュール」にもあてはまる。移民作家が活躍することで、自分の気持ちを代弁してくれていると感じる移住者は多いし、ホスト社会の側も、彼らが後にしてきた国はどのようなところなのか、なぜケベックに来たのか、異郷の地でなにを感じながら日々を送っているのかなどを知る機会となり、多文化共生の点からも学ぶことは多い。北米大陸においてフランス語社会の維持と更新を目標に掲げるケベックにとって、フランス語で表現されたものの多様性は「ケベック的価値」の最大のものといってもよい。文学はケベコワが歩んできた過去を「思い出し」、記録し、未来の人々と「共有する」うえできわめて重要な媒体なのである。世界的に若者の文学離れが進んでいると言われる昨今だが、ケベックでは若い作家たちが意欲的な作品を次々と発表しており、文学界も、研究教育機関も、彼らを後押しすることに余念がない。

筆者がはじめてカナダを訪れたのは、一九七九年秋のことだった。場所はオンタリオ州のサドバリー。トロントから車で四時間ほど北に行ったところだ。まだ学部の学生だった頃、大学から派遣されて、そこで十カ月間の留学生活を送ることになっていた。その当時のことをケベックの友人たちに話すと決まって返ってくるのは「どうしてそんなところへ？」という質問である。たしかに、トロントやモンレアルほどの大都市ではなく、何か観光の目玉があるわけでもない、このニッケル鉱山の町を自分から進んで選んだわけではなく、機会に恵まれたから、というほうが正しかった。しかし、初めての海外生活で、まだ英語にもフランス語にも自信がなかった者にとって、カナダのこの地域には英仏のバイリンガルが多いというのが、なんとなく安心材料だったような気がする。じっさい、到着早々記入しなければならない種々の書類も、表で分からなければ裏、裏で分からなければ表を見るとたいていなんとかなった。

登録期間が終わり、いよいよ授業が始まった。学部のフランコフォン向けの「フランス科」とアングロフォン向けの「フランス科」（ちなみに担当教員は共通）でフランス文学、フランス系カナダ文学、ケベック文学、言語学、民俗学などの授業を興味の赴くままに取らせてもらい、じつに刺激に満ちた毎日だった。しかしその年は、ケベック州で第一回目のレフェランダム（州民投票）が行われる前年で、その動きはオンタリオ州に住むフランコフォンにも大きな影響をおよぼしていた。大学のキャンパスでも、週末になるとたびたび集会が開かれ、ケベックがカナダから独立したら、他州に住むフランコフォンはどうなるのか、取り残されてしまうのではないか、との不安から、市民が熱い議論を繰り広げるのを見て、母語（日本語）についても政治についてもあまり真剣に考えたことがなかった一留学生として衝撃を受けたのを覚えている。

一年後、レフェランダムの数日前に帰国し、ふたたび仏文科に戻り、その後大学院でフランス現代詩の研究をつづけたが、四〇年以上経ってからこのようなかたちでケベック文学に関する書物を上梓することになろうとは、当時は想像もしていなかった。いろいろな偶然が重なって現在があることに不思議な気がする。その「偶然」のなかでも、現在の本務校に勤務するようになってしばらくして、ケベック州のシェルブルック大学と大学間協定が締結されたことは大きい。この大学にはアンヌ・エベール研究センターがあり、そこの研究者たちとの交流の機会に恵まれた。また、本務校での異動で現在の学部に所属することになり、多文化共生にひときわ熱心に取り組んでいるケベック州への関心が高まったことも一因である。一方、今は亡き小畑精和初代会長のもとで日本ケベック学会が創設されたことは、「偶然」ではなく、むしろ「必然」だったと思う。

本書には、その日本ケベック学会および日本カナダ文学会で研究者たちから教えられた多くのことや、研究休暇中に派遣研究員として訪れた現地で調べたことやそこで得た知識、そして学部や大学院の授業で学生たちと読んだテクストや交わした議論など、さまざまなものが含まれている。関係した方々はあまりに多く、ここでそのお名前を一人ずつ挙げることは控えさせていただくが、彼（女）らに深い感謝の意を表したい。

また、本書の刊行にあたっては立教大学の出版助成を受けた。ケベック文学というけっしてメジャーとはいえない文学についての論考をこのようなかたちで多くの読者に届けることができるようになったのは、ひとえにこの助成のおかげである。本書の出版を快くお引き受けくださった彩流社社長の河野和憲氏にも、心よりお礼を申し上げる。

ケベックは北米的な価値観とヨーロッパ的な思考が微妙に混じり合い、さらに、多様な背景をもつ移民たちを受け入れることで彼らの知恵を社会に取り入れているダイナミックな土地である。今後、日ケ交流がさらに活発になり、互いの利益となることを願っている。

二〇二一年十月

小倉和子

【著者】
小倉和子(おぐら・かずこ)
1957年生まれ。上智大学文学部フランス文学科卒業。東京大学大学院人文科学研究科博士課程単位取得退学。パリ第10大学博士(文学・人文学)。現在、立教大学異文化コミュニケーション学部教授、日本ケベック学会顧問。現代フランス文学・フランス語圏文学専攻。著書には『フランス現代詩の風景―イヴ・ボヌフォワを読む』(立教大学出版会)、『200年目のジョルジュ・サンド』(新評論、共著)、『遠くて近いケベック』(御茶の水書房、共編著)。訳書にはコルバン『感性の歴史家アラン・コルバン』、サンド『モープラ』、ラフェリエール『帰還の謎』『甘い漂流』『書くこと生きること』(以上藤原書店)等がある。

Sairyusha

記憶《きおく》と風景《ふうけい》
——間文化社会ケベックのエクリチュール

二〇二一年十二月三十日　初版第一刷

著者——小倉和子
発行者——河野和憲
発行所——株式会社 彩流社
〒101-0051
東京都千代田区神田神保町3-10
電話：03-3234-5931
ファックス：03-3234-5932
E-mail：sairyusha@sairyusha.co.jp
印刷——明和印刷(株)
製本——(株)村上製本所
装丁——宗利淳一

ISBN978-4-7791-2796-0 C0098
http://www.sairyusha.co.jp

【彩流社の海外文学】

中央駅

キム・ヘジン 著
生田美保 訳

路上生活者となった若い男と病気持ちの女……ホームレスがたむろする中央駅を舞台に、二人の運命は交錯する。『娘について』（亜紀書房）を著したキム・ヘジンによる、どん底に堕とされた男女の哀切な愛を描き出す長編小説。

（四六判並製・税込一六五〇円）

わたしは潘金蓮じゃない

劉震雲 著
水野衛子 訳

独りっ子政策の行き詰まりや、保身に走る役人たちの滑稽さなど、現代中国の抱える問題点をユーモラスに描く、劉震雲の傑作長編小説、ついに翻訳なる！

（四六判並製・税込一六五〇円）

【彩流社の海外文学】

鼻持ちならぬバシントン

サキ 著
花輪涼子 訳

サキによる長篇小説！　シニカルでブラックユーモアに溢れた世界観が特徴の短篇作品の巧手サキ。二十世紀初頭のロンドン、豪奢な社交界を舞台に、独特の筆致で描き出される親子の不器用な愛と絆。

（四六判上製・税込二四二〇円）

不安の書【増補版】

フェルナンド・ペソア 著
高橋都彦 訳

ポルトガルの詩人、ペソア最大の傑作『不安の書』の完訳。長年にわたり構想を練り、書きためた多くの断章的なテクストからなる魂の書。旧版の新思索社版より断章六篇、巻末に「断章集」を増補し、装いも新たに、待望の復刊！

（四六判上製・税込五七二〇円）